与山水对话

一个坡，一座桥，都是一道风景；一棵树，一枝花，都是春色无边。

湖山寂静

张明辉 ——— 著

国际文化出版公司
·北京·

目录

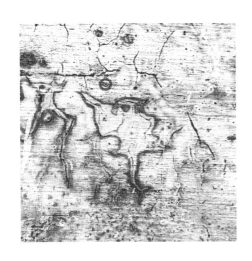

壹

探寻方山

探寻方山

六月十八日上午，三人结伴同游大溪方山。

在山脚下拾阶而上，百步之遥处，一堵百米高的巨嶂阻了去路，像一道天然的石屏风，徐徐展开。仰望碧空，光影婆娑，浮云悠然，远处的多宝佛塔针尖般耸立在悬崖之上。梅雨瀑近在眼前，只见崖壁上有墨绿的青苔，瀑水冲洗过的痕迹依稀可辨，却不见梅雨飞扬。瀑下有峭斗洞，洞内有"右军洗墨池"。相传在东晋永和十一年（355年），王羲之游浙东，在此避雨，并有《游西郡记》传世。"临海南界，有方城山，绝巘壁立如城，相传越王失国，尝保此山。"文中描写的就是眼前的方山。

沿途的空气潮润，松树墨绿如盖，修竹青翠润泽。往右行，没走多远便是方岩书院。书院背依青嶂，乃仿明清式的双层建筑。平台宽敞，井然有序。檀色的栋梁、飞檐、廊柱、门楣、窗棂，透着淡淡的书香味。正门敞开，内有"大溪圣贤馆"。馆内悬挂着奇石苍松的轴卷和对联，"人寻诗向景中去，僧结社从云间回"，透出悠长的古意。

我在馆内流连，一字一句地读着四面墙上的字迹，并在心中默记。大溪三居士，王居安、谢铎和赵大佑分别生于宋明两代，都中过进士，在朝为官，是当之无愧的圣贤。他们的名字和事迹曾被史书记载，在民间传颂。

民间传说中也少不了修道的真人，有紫庭真人周义山在方山顶上缚茅趺坐，所种号"仙人田"；有唐项斯之后项诜在金鸡岩耕作修行，得道成仙。

方岩书院的创立者谢铎，曾与族叔谢省长期在书院讲学，从者甚众。想来古代的读书人，苦读寒窗，一朝高中，便为官在外。其间或因患疾养病，或因父母亡故守制，或致仕家居，从而一边韬光养晦，教书育人，一边等待着被朝廷重新召唤，奉调四方，企图实现人生抱负。而理想的境界，便是功成身退，告老还乡，读经参禅，寄情山水。从得意到失意，从入世到出世，古代读书人的人生际遇大抵如此。谢铎的五言诗便是终老山林的真实写照："浅水难容棹，繁花自作村。分明幽绝地，不是武陵源。"

山间行走，悠闲的浮云，如影随形。身侧是绝壁、深谷、洞穴、奇峰。山上有南北斗洞、观音殿、天恩塔以及仙天门等等。人们喜欢将山峰比作象鼻、团箕、文笔、玉女……诸如此类。而我，躯体和眼睛早已不知疲倦，心灵仿佛脱离了尘世，将自己遗忘在大山之巅。

山道盘旋，草木茂盛，偶尔会有一两个农妇蹲在道旁，提着竹篮，叫卖着新鲜的水果。目光所及，见一小块耕耘过的玉米地，在阳光下裹着金黄。新翻的黄泥之上，青藤蔓延，绿意盎然。

已是晌午时分，在山顶的云霄寺，山门敞开，两侧的条凳上坐着纳凉的人们。我徘徊在大雄宝殿、大悲楼、法堂、佛龛、香炉、法器前，置身其间，内心便有些莫名的肃穆感。绕到两进殿堂的后面，一座新殿正在营造，木材、瓦砾堆积一地。晴空万里，蓝天白云下的背景纯净透明。当我走出山门，正欲离去时，一个小僧紧随身后急匆匆跟了出来。说是见我四处拍照，恰巧他要办证，便灵机一动，请我为他照张小像。我默许了，他又急匆匆地蹿进僧房，扯了块红布挂在墙上。一阵微风吹过，他朝我露出了灿烂的笑容，时间凝固，显影永恒。

多宝佛塔就建在悬崖边上，塔内空间有些局促，我轻快地登上回旋的梯子，站在了最上层。将头伸了出去，近处的寺院，远处的山峦、湖泊，山间绸带般的公路和山脚下散布的房屋，一切尽收眼底。一阵阵清凉的山风拂过，不禁心旷神怡。

　　大溪的盘山岭，离此地不远，徐霞客在雁山游记中写道："十一日，二十里，登盘山岭，望雁山诸峰，芙蓉插天，片片扑人眉宇。"置身于雁荡山北麓的方山之巅，地域空旷，人迹罕至，弯曲的山道一直通往乐清的羊角洞。在野外徒步，是一种难得的人生体验，就这样一路走着，真好！

在陈和隆旧宅深处

　　抵达渔村箬山，大海的气息越发浓烈，海腥味扑鼻而来，一艘艘远洋渔船停泊在港湾。马路边，随处可见拉海鲜的皮卡和散落的渔网，在码头上卸货的渔民不知疲倦，在烈日下忙碌着。我们匆匆参观了祭祀妈祖的天后宫。在返回的路上，穿过一条明暗交替的小隧道，青天下一个路标指向陈和隆旧宅。那是隧道口右侧的一个小山坡，一条青石修筑的巷道一直通向前方拐角处。两头负重的骡子在前头踯躅而行，一个上了年纪的民工头顶遮阳帽，扛着铁锹跟在后头。

　　我们跟了上去，拐角处，只见山上的石屋高高低低，错落有致。石屋，一排排、一间间，长长方方，可能是就地取材，大多是青石垒就，大大小小的门窗点缀其间。很多人家的窗台上摆放着鲜花。有的木门敞开，明暗间可以看见灶台、四方桌、一些渔民的生活用具。巷道的地面光滑平整，格外清洁。

　　不知不觉便走到了一处旧宅，视线穿过石门，却看不到尽头。陈和隆旧宅是市级文物保护单位，一九八六年公布。据载，该宅为清末至民国年间由渔业资本家陈和隆建造，系木石结构，分前后两幢。前幢为客厅、花园、炮台，客厅底层是仓库，面海开有水门，货物由水门直接运入仓库。后幢为住宅和生活用房。前后两幢在二楼之间有飞桥相通。陈宅建筑有沿海渔区石建筑的独特风格。门前有一副青石对联："旧德溯东湖俭勤世守，新支衍箬屿义礼家传。"可见陈氏迁自福建惠安东湖，发迹于浙江温岭箬山的历史。显而易见，陈和隆旧宅的保护工作做得相当好，已经成为渔村一处标志性的建筑。

　　走进石库门，只见一株紫藤沿着墙头攀爬着，树龄逾百年。目光向上，我注意到一处非同寻常的石建筑，那是一座炮台，四四方方，明显异于平常的石屋。

　　陈和隆旧宅，前幢有"旭昇楼"，后幢有"振声庐"，门窗、石柱、栏杆都用青石，花纹图案，精雕细刻。还有着很多镶嵌在青石上的匾额，如临水处的"和平养福""忠厚开基"，透着祥和、古朴的味道。而前幢紧临大海，潮水涌动。

　　从客厅里一眼就可以望见大海，如今的前幢房屋二楼已开辟了温岭"海角版画展"，展示本地画家对大海、石屋等渔村风情的描绘。我喜欢这里的静雅、闲适、一尘不染，漫步其间，赏心悦目。当我转入底层，却有一种阴冷潮湿的感觉，支撑房顶的圆形木头一根根立着，有些陈旧，库房里显然经过人为的装饰，墙上挂着渔网、绳索、水葫芦、船锚……照明不是很好，光线昏暗。置身其间，神思游离。是的，这里的一切都透着大海腥潮的气息。

　　我独自在木屋内穿梭。扶木梯上楼，推开一扇扇木门。一间间木屋被木板间隔，多夹壁、隧道、暗室，隐门相通，空间狭小、局促，木板发出吱吱呀呀的声响。临海的木格子窗户紧闭，将刺目的阳光阻挡在外，透着雾一般的迷离。而我，仿佛进入了尘封已久的岁月。

　　人有时候容易迷失自我，尤其是在一个相对封闭的空间。时间无可奈何地倒流成过去，就像那座小小的炮台。炮台青石砌就，方寸之地，十分坚固，可以从内部盘旋的梯子攀上顶部。一层、两层……直至五层，这是一个完全独立封闭的空间。"防卫台""慎重看守"，字迹分明，喻示着它坚固的特质。三面墙壁都有一扇券洞状小石窗、一对弧形的枪眼，光线漏了进来，外头的一举一动可以从不同的角度管窥。这是一个战略制高点，可以观察敌情、打击入侵的敌人。不知过去的百年来，是否有海盗或倭寇入侵陈宅，陈和隆在房屋建造之初，分明已考虑到战略防御的基本功能。

　　作为渔业资本家，在渔村立足，建造一座迷宫似的建筑，肯定是经过深思熟虑的。在清末至民国年间，涨潮时，货物从水门出入，在海上运输，没有一定的军事保障，是很难成功的。且不说当年海盗横行，倭寇猖獗，保护货物及身家性命的安全必定成为头等大事。陈和隆采取了严密的防御措施，以保全财富带来的荣耀。

当然，除了雇佣帮工做鱼货生意，豢养家丁以保全家产之外，摇小橹起家的陈和隆也有怡情养性的一面。他积年累月将自家小花园经营得有声有色，还请当时来箬山讲学的清光绪副榜顾岐先生写了《陈氏小园记》，"地不过数十步，花不满百种多，而设施得宜，遂觉草有忘忧之意，花含解语之容；鱼多情而听琴，鸟识趣而逐酒。庾信之赋《小园》，尚无此乐境也"。寥寥两百多字，将陈氏"卜居里箬""迁自闽东""依山作屋，架海为庐""呼朋饮酒，对客谈情，尽乐极欢"之事写得纤毫毕现、一览无余。与对面山上那些低矮的石屋相比，陈氏旧宅便显得卓尔不群了。

方寸涵大千

那一年，我去了古都洛阳，到了龙门石窟。我惊叹于它的瑰丽，那些大大小小的石窟密密麻麻，如蜂蚁的巢穴般袒露在世人面前，窟中的佛像大小各异，千姿百态。奉先寺那尊巨大的卢舍那佛像，丰颐秀目，仪态庄严。石窟始凿于北魏孝文帝年间，其修造兴盛于唐朝，终于清朝，迄今已有一千五百年的历史。龙门石窟南北长约一公里，现存石窟一千三百多个，窟龛两千三百四十五个，题记和碑刻三千六百余品，佛塔五十余座，佛像九点七万余尊。

时光的流痕在伊水河畔稍做逗留，在神奇的中原大地抹上了精彩的一笔。这里便成为中国石雕艺术的宝库，凝固着古代匠师们的艺术结晶。因为他们，中国的石文化才得以存续千年之久。

我开始惊叹于北魏匠师们的非凡智慧，惊叹于自然与人工的巧妙结合。后世繁衍，代代相传，才得以成就了一场规模宏大的盛宴。

当源远流长的中原石文化成为万众瞩目的焦点，当人们的目光充满敬仰与期待的时候，却遗忘了历史的另一个角落，一个同样有着石破天惊，同样有着能工巧匠的偏僻之地。这里的石匠们富有创意与激情，他们，已如苦行僧般在一座山上开采了千年。

这里人迹罕至，远离乐土，这里没有战乱，不见繁华。这里只是东海之滨的一个小镇，采掘的历史，就连古代的地方志上也找不到更多相关的记载。因为，这里的采掘只是最平常的劳作，石匠们只是迫于生计才如此劳碌。

当龙门石窟的艺术匠师们突破了宗教"仪轨"的束缚，开始艺术创作的时候，这里的石匠们却运用一种叫作"熬硝"的技术来开掘洞窟。

熬硝的工具很简单，以一把形似羊角的铁锤，若干根约十厘米长短的钢钎，先在山顶的岩皮上打出一张桌面大小的平面，然后一层一层竖直往下，同时一层比一层往四面拓展，于是每个石矿均呈金字塔状。矿工们用很多短钢钎按十厘米左右的距离均匀地铆凿在矿底，并呈"田"字状，十几位手抡大捶的汉子，按平均分得的任务，沿着"田"线路，对着像铆钉的短钢纤使劲挥锤，起落频率之匀均，步调之一致，节奏之统一，令人叫绝……待所有的钢纤到达几乎同样的深度时，岩质会按"田"字形破气。敲进钢钎的过程其实是向岩体灌"气"的过程，等到内外之气在一定层次上碰撞产生猛力时，整层石板就会"嘣"的一声从岩体分离，然后，按用途如意裁剪，似农家切麻糍过年一样充满惬意。

——周春梅《长屿断想》

以上描述的，只是古代长屿石匠们采石板的细节，这样精致细巧的采掘方法，可能世上仅有，这是长屿人的一大创意，也是长屿人的一大骄傲。

长屿山，这座貌似平凡的山，在石匠们"嘿呦嘿呦"的号子声中，诞生了石板，诞生了二十八个洞群，诞生了一千三百一十四个洞窟，更诞生了匠师的子孙们。

南宋年间，江湖派诗人戴复古出现了。戴复古，字式之，号石屏，终身布衣，长期浪迹江湖，除四川外，足迹几乎遍及南中国各重要地区。晚年归隐于故乡南塘石屏山下，他的墓就在长屿。

石屏老，悔不住山林。注定一生知有命，老来万事付无心。巧语不如喑。

贫亦乐，莫负好光阴。但愿有头生白发，何忧无地觅黄金。遇酒且须斟。

——戴复古《望江南·石屏老》

　　长屿山作为雁荡山的一支余脉，诗人戴复古走了出去，面向更为广阔的世界。他饱览群山后，回到长屿，终老山林。而明代的旅行家徐霞客亦是从雁荡山的另一端出发，走走停停，踏遍山水，并用笔墨记下了一本关于地理的传世之作……不说也罢。历史毕竟离我们太遥远，遥远得令人无法触摸。不如去看看长屿硐天，看看那些鬼斧神工的惊世之作。

　　方寸涵大千。方寸之地，无须太多的粉饰。走进洞窟，就走进了历史，走进了时光深处。我不想用艳丽的笔墨来粉饰它的质朴，更不想用现代人的目光来衡量它的原始，我只想用双脚来丈量。

　　光阴荏苒，采掘已成过去，而我仿佛在梦境中逗留。高高的崖壁上，一滴清凉的水珠滴了下来，落进了我的掌心。

探访新河闸桥群

一

新河闸桥群位于浙江省温岭市新河镇。其中，麻糍闸位于新河镇南鉴村，跨后街村流向南鉴村之小河，西距椒新路约三百米。中闸位于新河镇中闸村，跨后街村与南鉴村之间的小河，东距椒新路约六十米。北闸位于新河镇北闸村，跨东合村流向北闸村之小河，南距新新路约三百米。下卢闸位于新河镇城北村瓜篓山附近，跨城东村与城北村之间的小河，南距下卢路约二十米。

我们开车抵达新河南鉴村已是上午十点，却难以找到麻糍闸准确的位置。在一处厂房附近，已是路的尽头，抬眼望去是绿油油的稻田，便向正在厂门口忙碌的两位年轻人打听。他们挺热心的，其中一位主动带我来到稻田边，指向左前方。

顺着他手指的方向，稻子稠密，依旧难以看见麻糍闸。他说："我从小就生活在这里，直接穿过这条小田路，就可以找到。但这条路难走，不如开车绕回去，从河边过。"

我也是在新河的乡村长大，自然熟悉这样的场景，河岸、稻田、甘蔗林、苦楝树、桑树、芦苇丛、瓜果田园……至今我仍向往这样的乡野气息。田垄里侍弄蔬菜的老农，河岸边陪孩子玩耍的少妇，骑电瓶车路过的中年妇女，开着皮卡装货的外地司机，朴素、自然，这一切都发生在河岸，进入了我们的视野。

沿着河岸，车子可以直达麻糍闸。一个石砌的广场，竖立着几块青色的条石，四周被稻田包围。一只白鹭从河岸边的枝头起飞、滑翔，扇动翅膀落到了不远处。麻糍闸低矮、平坦，卧在一条并不宽阔的河流之上，简朴，毫不显眼。

二

温岭负山濒海，西部和西南部负山处，入河诸溪，源短流急，难以潴蓄。东部和东南部濒海处，河道浅窄，入海口又受潮汐顶托，淤泥壅塞，泄流不畅。中部平原，地势低洼，有"釜底"之称。这里洪涝、干旱灾害频繁。宋代以前，为保证农田灌溉，多筑"堘"（坝）以蓄水，有"官河流经八乡，有支经九百三十，堘二百"之说。筑堘既多，利蓄不利排，矛盾丛生。北宋元祐年间，改堘为闸，"旱则闭以蓄水，潦则开以泄水，民大称便"，掀开了温岭水利史上新的一页。南宋朱熹时又进行了增建修理，奠定了水利基础。日久闸口壅塞，泄水不畅或无法排泄，各朝又进行了整治修建。是以闸桥遍布新河各地，形成包括麻糍闸、中闸、北闸、下卢闸、咸田湖闸（玉洁闸）、六闸等在内的闸桥群。前四闸保存较好，以新河闸桥群为名被推荐列入第六批全国文物保护单位。其他各闸因损毁严重而加以改建。

麻糍闸位于新河镇南鉴村原高桥乡驻地东约五百米的河上，《光绪太平续志》称其为"朱文公建。俗传桥石将断，仙人以麻糍粘之"。仙人以麻糍粘之，这当然是民间的传说。这样的想象，又贴近大众的思维。闸桥为两孔，东西走向，桥面长约 17.55 米，宽 3.68 米，两孔跨度均为 4.60 米。桥墩为石伸臂梁式结构，用仿拱形的条石分二级叠涩悬挑而出以承桥梁，从桥墩共挑出 1.08 米，每侧每级共设六拱，拱顶为横条石，该条石侧面为斗形，其顶层横条石开有槽口，应为置托木之用。桥墩构造仿木结构，侧面形似一斗六升。在水流的上、下方各设分水尖。桥墩宽 1.59 米，长 5.59 米（包括分水尖）。闸槽宽 0.18 米，深 0.11 米，闸木长 4.78 米。桥台为石壁墩式，后砌翼墙，两侧由八字形金刚墙连接泊岸。每孔桥面由两块桥梁和四块桥面板组成，桥梁宽 0.3 米，厚 0.47米，长 4.74 米，桥面板宽 0.59-0.615 米，厚 0.21 米。

我们见到了经过修复后的麻糍闸，桥面新铺的石板平整，几乎复原了古朴的模样。当然，麻糍闸的闸道功能已经丧失，桥面落闸处为青石填补。2006 年，新河闸桥群被公布为全国重点文物保护单位。2009 年，新河闸桥群维修工程报经国家文物局立项。2010 年《温岭新河闸桥群修缮设计方案》与《新河闸桥群修缮工程施工图设计》报经浙江省文物局审核通过。2010 年完成麻糍闸保护修缮工程。2011 年完成中闸保护修缮工程。2012 年完成北闸保护修缮工程。2013 年完成下卢闸保护修缮工程，并完成新河闸桥群环境整治。

三

在乡野之上，我们的探访似乎暗合了某种仪式，在故纸堆里翻捡、溯源、考据、探究，又仿佛是一种全新的回望。

中闸位于新河镇中闸村。其始建于宋，明洪武九年（1376年）提调官黄岩县主簿孙斌重建。闸桥三孔，南北走向，桥面长约 22.20 米，宽 3.97 米，中孔跨度为 4.64 米，南、北孔跨度为 3.75 米。桥墩为石伸臂梁式结构，用仿拱形的条石一级叠涩悬挑而出以承桥梁，从桥墩共挑出 0.665 米，每侧共设十拱，拱顶为横条石，该条石侧面为斗形，开有槽口，应为置托木之用。在水流的上、下方各设分水尖。桥墩宽 1.55 米，长约 5.03 米（包括分水尖）。桥台为石壁墩式，后砌翼墙。每孔桥面由两块桥梁和四块桥面板组成。

在中闸村，我们在一处大棚前的空地停车，步行经过民居、矮墙，然后进入一条小巷。在不远处，中闸桥横贯在平静的水面上，比起稻田间的麻糍闸，中闸多了些许乡村的烟火气。桥头的中部绿植的藤蔓低垂，桥墩的古朴与流水相辅相成。河岸边，一位老人拉着手推车，缓慢地走过。周边的一切呈现出养眼的绿色，如此静谧。河水的滋养，使田园里时令的瓜果蔬菜茂盛，一丛薜荔探入水中，一蓬莲子草开着细碎的小花，淡雅、娇嫩。水鸟优雅地划过水面，啼声清亮。河道边的筑石底下长着嫩绿的青草，河埠头的条石向水面铺开。

在桥的右岸，十米开外，两间建于二十世纪八九十年代的两层楼房前，一位妇女将电瓶车停在屋前，她那粉红色的头盔格外显眼。妇女进屋，不出两分钟，随后，她的身影再次出现。我告知了来意，她大方地转身通知屋内人，说："进屋吧"。堂屋内光线充足，一位老者坐在一张简易的四方桌前，桌面上摆放着两样菜蔬和一碗米饭。老者个头中等，粗眉，一张历经风霜的脸，说话时中气十足，丝毫看不出老态。我们坐了下来。

他叫林梅富，八十二岁，务农，从小生活在这里。中闸桥在他眼里，是最平常不过的事物了。他说："听老辈人讲，朱文公建六闸，中闸、北闸、麻糍闸、琅岙闸……桥头原有一块石碑，上有记录，在禹王宫，另一块碑约在上世纪七十年代沉入河里。原先桥中间一道空着，是放闸槽的，人走过怕掉下去，后来填了……"

如果说光阴是一面易碎的镜子，那么，流水会带走许多往事。在林梅富老人的堂屋内听他讲述，此刻，时光是流动的，具有水的形态。

后来，我们去了禹王宫，果然发现了那块只剩上部的残碑。"宋朱文公遗"，后面一字破损。"大清道光九年季秋，重修。"

马路上，老屋檐下的丝瓜藤垂了下来，碧绿的草叶间有两只小猫在嬉戏，憨态可掬。在禹王宫门外，石头上摆放着一排演戏用的凤冠。禹王宫内烛火摇曳。在禹王宫遮阳的天井底下，我们看见了一箱箱演越剧的戏服、道具，箱子上写着"临海市小百花越剧团"的字样。简陋的戏台两侧贴着一副对联："伟大功勋如日月经天千秋永在，光辉业绩若江河行地万古长流"，横批："伟绩丰功"。对联简明却耐人寻味。

四

正午，我们赶往北闸村。北闸位于新河镇北闸村，始建于宋。《温岭县地名志》载其为"宋朱熹在此建六闸，因其地处北面第一闸，故名"。桥为2孔，东西走向，桥面长约14.42米，宽3.95米，孔跨度为4.18米。桥墩为石伸臂梁式结构，用仿拱形的条石分二级叠涩悬挑而出以承桥梁、桥面板，从桥墩共挑出0.83米，每侧每级共设六拱，拱顶为横条石，该条石侧面为斗形，顶层横条石开有槽口，应为置托木之用。在水流的上、下方各设分水尖。桥墩宽1.46米，长5.62米（包括分水尖）。闸槽宽 0.155 米，深 0.13 米，闸木长 4.45 米。桥台为石壁墩式，后砌翼墙，两侧由八字形金刚墙连接泊岸。每孔桥面由 2 块桥梁和 4 块桥面板组成。

车在乡村公路上行驶，窗外景色秀丽，自由的风走街串巷。我们在一处小店旁停车，向店家打听。店主人是一位穿红花连衣裙的中年妇女，她热情地说，转过屋后走几步就到了，她领我们过去。同行的还有两男一女，原来他们是一家子——父母子女。他们惊讶于北闸桥的修建年代，竟然是宋朝，由朱文公朱熹主持修建，有八百多年的历史。子女是 80 后，都挺健谈，说他们从小经过屋后的这座小桥，到对岸百米开外的小学上学，当时都没有在意，司空见惯了，没想到年代那么久远。河道泛着绿水，并不通船。这里的鲤鱼肥美，河巷的弯道处，经常会有人夜钓。

靠近河边的小屋内有个中年男人在用蒲草做草编，这也是当地的一大特色。一条绿道沿着河岸铺开，是村民的健身道。这一家子住在前排的楼房，原先的披屋还在。马路边棚架上丝瓜花的藤蔓垂了下来，嫩黄的小花醒目。田园里，紫色的喇叭花娇艳地开着。一丛鸡冠花开在桥头，是叹息抑或是赞美？在不远处，石佛山头的庙宇鹤立着，石佛寺是温岩两地的分界。

五

　　下午一点半左右，我们在新河小学附近的饭馆吃午餐，经店家指点，步行两三百米，前往下卢闸。

　　下卢闸位于新河镇城北村瓜篓山附近，桥为两孔，东西走向，桥面长约 17.84 米，宽 3.43 米，孔跨度分别为 4.15 米和 4.60 米。桥墩为石伸臂梁式结构，用仿拱形的条石一级叠涩悬挑而出以承桥梁，拱顶为横条石，该条石侧面为斗形，开有槽口，应为置托木之用。在水流的上、下方各设分水尖。桥墩宽 1.60 米，长 5.31 米（包括分水尖）。桥台为石壁墩式，后砌翼墙。每孔桥面由两块桥梁和四块桥面板组成。

　　天际蔚蓝，绵白的云朵很轻。午后的阳光打在身上，有些松软。跟麻糍闸、中闸、北闸一样，下卢闸同样也是经过精心修葺的。桥面的石板很新，桥墩则古旧。附近的菜园、农田里，种着玉米、番薯、芋头、甘蔗。农田里不可或缺的是河流的灌溉。在农作物茂盛的田间地头，蜻蜓的尾翼透明，蝴蝶振动着黑翅。一群雀鸟掠过，在远处的枝头啁啾。

访明因讲寺

　　和丁先生约好，次日清晨去探访明因讲寺。其实今年我曾去过三次，对于明因讲寺这方丛林来说，我只是个过客，我的认识还很浅薄，但每次都有收获。

　　母亲是个信徒，这可能与外婆有关，及至年长，逾发显得虔诚。自然，我想到了母亲。一早，我同孙敏瑛、母亲和她的朋友坐上丁先生的车前往明因讲寺。

　　接待我们的是个高瘦青年，手持念珠，束发，像个艺术家。丁先生健步快走上前，握手，并把携带的一幅小画递了过去。他同孙敏瑛一道展开画作，是一幅墨兰。这边，丁先生介绍说，他是郑能田。我竟有些意外："你是郑能田，那个写《珍园听兰斋记》的郑能田？"前些日子我刚读过其作品："珍园者，丁先生之所居也。地处村隅，在本市城西之莞田山阴也。"如今，写文言文的除了一些老先生，的确已经不多了，何况郑能田与我年纪相仿，也就四十来岁。我俩一见如故。

丁先生又介绍了寺里的月光法师，我们相互握手致意。

月光法师中等个头，一袭灰色的僧衣，戴副眼镜，一看便是敦厚之人。母亲和朋友去烧香拜佛，我们一行四人则随月光法师在寺里闲逛。同许多寺庙一般，明因讲寺规模中等，殿堂楼阁，并无多少特别之处，但我知道一些它与天台宗国清寺的渊源，喜欢这里的偏僻、幽静。明黄的墙壁，洁净的回廊，短短几步，便能感受到恬淡与静谧。

在一处厢房，推门入内，檀香扑鼻而来，只见摆放着一些木质的桌椅，墙上挂着几幅陈野林、黄镛斌等当地书画家的作品。丁先生原先的竹石图加上这幅新画的墨兰，想必给画室增色不少。

稍做逗留，然后随月光法师去了寺庙西侧的一处水池，此处积水系山间清流，澄碧清澈。明因讲寺地处温峤镇以南一公里，江厦森林公园中心，面临梅溪，背倚龙鸣山，在绿树掩映间，是个清幽的所在。乾隆年间，本邑人氏陈世环这样写道："一径入梅溪，溪流水深绿；终日不见人，经声出林竹。"林间溪泉，平添了不少雅趣。

月光法师又领我们去了寺后的山坡。穿过一道山门，踩着林间的腐土、落叶以及遍地的松果，我随兴与他聊了起来。

上坡不远，见有一幢灵骨塔和墓地。此处灵骨塔是在去年为式德法师所建，墓地则年代较远，为式海和尚及弟子宏

性合葬所筑。后来，在能田为我提供的《温岭梅溪明因讲寺志》
稿中读到，式海和尚在明因讲寺做住持期间（1914—1932年）
"德巨功广，难以尽纪"。他圆寂之后，遗体坐缸，奉于观
日山房，却在"文革"初期被毁，僧允尚、宏性为其筑墓于
寺后。"文革"中寺院被拆毁大半，幸老僧宏性坚守寺宇，
可敬可佩。宏性圆寂（2011年），与式海和尚合葬于此。

　　明因讲寺的历史可上溯到后晋天福六年（941年），由僧
德蟾建，为"五代古刹"。清道光年间（1821—1850年）智
者大师为该寺院住持，演宣、弘扬天台宗义理。发祖永智、
源祖严恢、清祖严净、达祖式慧、厚祖文质、济祖式海、怀
祖澹云，先后住持，是为"七祖"。一千多年间发生的变故，
如同历史上的诸多寺院，经历大致相仿，兴及一时，毁于一旦。
远的不说，就在式海和尚进寺（1914年）后的百年间，由盛
转衰，几起几落，这些都与变幻莫测的时代变迁相关。"文革"
后，寺院曾一度改为中学，1990年迁出。从1988年开始集
资修葺大殿，泥塑卧佛，此后二十多年间，僧必成、式德、
可传等人可谓不遗余力地营建、修复这座在历史上颇负盛名
的寺院，使香火得以延续至今。

　　离开后山，我们又在周遭转了一圈，月光法师管理寺院
的日常事务，故对一切了如指掌。我与能田的谈话则涉及他
的经历、寺志及写作。能田所撰《寺志》中的《后记》，大
体印证了明因讲寺的兴衰："接目所睹，坊塔耸然；门庭轩昂，

殿堂崇敞；寮楼栉比，黄墙连横。触怀所慨，而忆二十年前，屋残院荒，堂楹废于杂草之间；墙败础坏，殿宇颓于陋户之如。方外之缘，宛若宿世以夙！居住于此，连续八月。恍一弹指而时空转，便再回顾已沧桑变。"能田在八股文、文言文方面的造诣，我自愧不如，况且，他对经史颇有研究和见解，实属不易。

后来，月光法师径直引我们去茶室小坐，喝他亲手采摘炒制的绿茶，在室内焚一炷清香，聊一些轻松的话题，一时便起了丝丝禅意。

古刹清风

古刹，在天台山，始建于隋开皇十八年（598 年），至今已有一千四百多年历史。当年天台宗创始人智者大师亲画式样，可惜迫于资金匮乏，无力开造，终以为憾，临终时遗书晋王："不见寺成，瞑目为恨。"晋王杨广（后称隋炀帝）见书后，遂派司马王弘监造。寺成，智者瞑目矣！

正月初三，我萌发念想，随家人一同前往。这是我第二次踏足国清寺，一路上轻车熟驾，观瞻自如。

古刹四面环山，层峦叠嶂，古人有"五峰层叠郁岧峣，双涧回环锁佛寮"之句。五峰山下，有林荫大道，沿途可见隋塔。行不远，双涧回澜处，见唐樟数株，枝繁叶茂，碎影重重。过丰干桥，沿着"隋代古刹"照壁东行十数步，左转，即见古寺山门。山门东开，精雅别致，门口有僧人迎客，寺内修竹万千，别有洞天。

古刹清幽，入眼即见古木参天的小径，修竹掩映的门神殿前有汉白玉石狮一对，殿的门楣上书"国清寺"三个楷体大字，落款"雍正十二年"。国清二字，取自《妙法莲华经》，以喻佛国洁净之意。雨花殿、大雄宝殿，佛像庄严，宝相森严。我喜欢这古刹的清幽，眼前的世界，如雾里看花，众生的膜拜与顶礼，是一次次心灵的洗涤。通红的火烛本身就是佛家的一种智慧，它能够点亮每一盏心灯，给人以生的启迪。

当年，智者大师为了修筑寺庙，在此剪木为基，立坛说法。而今，他所开创的天台宗，由灌顶、荆溪等人相继传灯，绵延千年，源远流长。且不说唐代高僧一行大师为编《大衍历》，从长安出发，不远千里前来印证算学，留下了"一行到此水西流"的典故；且不说日僧最澄拜师学法，将天台宗的义理传入日本；更有丰干、寒山、拾得三位异僧在此修行。寒山问拾得："世间有人谤我、欺我、辱我、笑我、轻我、贱我、骗我，如何处置？"拾得答曰："只是忍他、让他、避他、由他、耐他、敬他、不要理他，你且看他！"如此深藏禅机义理的问答，令人叹服。

在三圣殿左边一回廊的转角处，我看到了一块石碑，俗称"独笔鹅字碑"。《国清寺志》载："独笔鹅字碑镶嵌在寺内三圣殿东首莲船室的墙壁上。碑高 2.4 米，宽 1.2 米，据碑上序文，系清邑人曹抡选发现于华顶王右军墨池，仅有王羲之半壁真迹，经七寒暑摹写，补书完整，移刻于此。"我欣赏天台人曹抡选滴水穿石的执着，一笔一画，便能够挥洒自如，将东晋以来的书家风范一脉相承。

在古刹，听晨钟暮鼓，看花开花落，也是人生的一大享受。在三圣殿，在妙法堂，在药师殿，在观音殿，随处可见曲折的回廊，飞檐的翘角；禅门重重，廊檐呼应，明暗间错落有致，可见营造者的匠心。当我沉浸在云遮雾绕的山间，或明或暗的香烛丛中，若有若无的木鱼声里，一阵清风吹来，已经忘记了俗世的烦恼，静静地品尝这难得的愉悦。

大凡来古刹的人，都不会忘记去看那株隋梅，相传是由国清寺的开山祖师灌顶所植，如今，树龄已逾千岁。我来到了梅亭，只见几株新植的梅树都已香气四溢，繁花满天。而那株靠在角落里的隋梅，虽枝干苍老遒劲，却也枯木逢春，暗香浮动。回来后，便写了首四行的小诗："正午的阳光，落在斑驳的墙头，一株迟暮的隋梅，从沉睡中醒来。"一草一木一世界，隋梅如此，人亦如此。

烟雨石梁

想去天台山已经很久了，别的不说，毕竟那里有驰名中外的隋代古刹国清寺和美不胜收的石梁。

汽车从天台城里出发，一直开进山里，途经济公故居、国清寺。只见国清寺外古木参天，浓荫蔽日。古寺四面环山，可谓"五峰层叠郁岩峣，双涧回环锁佛寮"，实乃世外桃源。

汽车盘旋在狭窄的山道，险之又险，而高山脚下，便是深不可测的沟壑，令人紧张得喘不过气来。大约过了四五十分钟，我们下车，抵达石梁景区。

山中自有天地，漫游在幽静的森林，只觉满目葱郁，繁花遍野。碎叶间，时而传来林间鸟的啼鸣。天飘着细雨，令空气变得湿润，呼吸一下，自有一股山野的甘甜。

自山中拾级而下，不多久，便隐约听到了流水声。原来，脚下便是一道幽谷，不由加快了脚步。青青的石板，叩响着我的足音，而我却懵懂地闯入了一方天地。这方天地，容纳了山川、瀑布和溪流。这方天地，就像金庸武侠小说里侠客的隐身之所，不容我等打扰它的清静。若是修道之人在此隐居，定然六根清净，不食人间烟火。

眼前是葱郁的山，凝碧的水。抬眼望，一道石梁悬挂在幽谷之上，凭空架起了一座天桥，碎银般的流水飞泻而下。迷蒙的烟雨飘洒着，迷人眼，醉人魂魄。这便是徐霞客笔下"飞瀑喷雪，几不欲卧"的石梁。

我不由惊叹于石梁的美。这道石梁，是天造地设，世上仅有；这道石梁，犹如巨蟒匍匐于峭壁，足有二丈。难怪明代的大旅行家徐霞客要历经艰险而六观石梁，他曾冒险从石梁上走过，并记下："余从梁上行，下瞰深潭，毛骨俱悚……"此时的石梁，早已不是什么山高水远、路途艰险的去处了，但我依然敬仰当年徐霞客无畏的胆魄。

"冰雪三千尺，风雷十二时"，有多少诗人立足于瀑下，仰望它那千奇百怪的瑰丽，"石桥处处足徜徉，尤妙探奇在下方"，又有多少旅人见证了它梦幻般的神奇？

不知故乡在浙江海宁的金庸先生有无到过石梁，他在《射雕英雄传》中写郭靖、黄蓉在寻找一灯大师路上遇见瀑布："这瀑布水势湍急异常，一泻如注……"而在写瑛姑找一灯大师寻仇时遇一石梁："渔、樵、耕、读四人盘膝坐在石梁尽处……""只见一条黑影在石梁上如飞而至……转瞬之间，那黑影走完石梁……"多么巧妙的吻合啊，若是金庸先生当时是凭空想象，此刻，他要是瞧见，必定会一叹三咏。

浙东一带，其实有不少名山秀水、幽谷飞瀑。如雁荡山的大小龙湫、三折瀑，以气势壮观、一波三折闻名。而石梁飞瀑，尤以鬼斧神工、浑然天成惊世。

我一身湿漉，追随着飞泄的流水，在石梁的烟雨中徘徊。而小女却非要买一把丝竹。我将丝竹递到她手中，她欢欣地吹奏起来，那曲调，没有《笑傲江湖》曲般动人心魂，却是有着清亮的质感。调皮的烟雨亲吻着她的短发、衣襟和脖子，她一脸雨露，却浑然不觉，仿佛这方天地便是天造地设的舞台。

沿山壁转了几道弯，跨过一座浮桥，渐行渐远。回眼望，石梁正逐渐淡出我的视线。

天台山散记

与景凯旋先生有过几面之缘，算是熟悉。景先生年逾六旬，谦和，人也宽厚。他是古代文学博士，南京大学教授，主要研究方向为唐宋文学，著有《唐代文学考论》《在经验与超验之间》等。2021 年 11 月，景先生的专著《再见那闪耀的群星——唐诗二十家》出版，我从网上订购了一本翻阅。他说："诗歌的发展就像一个人生命的成长，自我意识总是要成熟；又像是社会的演进，思维模式会越来越理性。"我深以为然。

八月初的一个傍晚，周渔隐和我去雁荡山动车站接景先生。他从南京来，中途转车，长途劳顿，看上去略显疲惫。其实更令他忐忑的是离开南京之后，当日鼓楼发生了疫情，离他的住处很近，一路上他都在担心。在车站做完核酸检测之后，景先生和我在上车前抽了根烟，他迫不及待地把这个令人不安的消息告诉了我。

　　事先在白溪街买了食材，夜宿雁荡山，烧了几个简单的菜，不算丰盛，只是略尽地主之谊。景先生博闻，且健谈。更多的时候，是景先生和周渔隐在对话，我权当旁听者，我喜欢这样的夜饮。当晚，景先生接到当地防疫办的电话，要求核对信息，要求三天两检，要求申报行程，等等。他接完电话，说好悬啊，幸好及时离开南京，否则这次的出行计划又泡汤了。随后他担心起家里的妻子如何独自应对，可见伉俪情深。景先生又不失天真，戏称自己是"丧家之犬"，这段日子回不了家，只能在温州四处流浪了，还好，有这么多朋友可以"投靠"。

　　第二天，我们约好去天台山看石梁飞瀑。近年来，天台当地在大力推广"唐诗之路"，开发旅游资源。景先生的研究方向主要是唐宋文学，这次天台山之旅，想来是值得的。天台山的石梁、国清寺我曾去过多次，也应邀参加过台州作家唐诗之路采风活动，与当地土生土长的作家、学者相比，只是走马观花而已。

　　在国清寺景区门口的街上吃完午饭，随后我们进入景区。天台山并不高，但山势绵延，古木参天。夏日的浓荫遮蔽了天光，溪流显得绵长而清幽，使人的心境也变得潮润。进入国清寺的山门，恍若进入了另一个世界，这个世界通往佛殿，通往未知的丛林。入了山门，我用相机为景先生和周渔隐在"国清寺"三个大字前留了影，随后独自去大殿前烧香。

　　人是有欲念的，有对生的憧憬和希望，也有对物质的索取与乞求，而在精神层面，宗教信仰提供了某种可能。国清寺是佛教天台宗的祖庭，当年智者大师开山初创，并发宏愿建造国清寺，说"寺若成，国即清"。这是个美好的愿望。在他圆寂后的第二年，晋王杨广就派人督造建寺，三年后寺成。寺成的这一年，智者大师的弟子章安大师在寺内的一角栽下一棵梅树，距今已有一千四百多年，如今依然开花结果，这不能不说是个因缘。

　　他们已先行，我则独自在寺内流连。我所看到的景象，其实与往日并无二致，但此刻的心绪又回到从前。当年，我曾多次随家人来过寺院，曾陪四川拉则寺的柔秋仁波切来过，也和一群作家朋友来过。众生礼佛，皆出自内心的善意和虔诚。母亲烧香拜佛只求家人平安喜乐。柔秋师傅在智者大师像前，是用额头顶着香案，默念真经。藏语的诵经声是有魔力的，他的声音时缓时急，如歌如颂。瞬间，我被这庄严的法相和经声所震撼，内心复归平静，泪水止不住地涌了出来。此刻，离佛如此地近，接近于忘我，任何的世间俗念都离我远去。

　　在大殿一侧的回廊，我和景先生参观了三圣殿，此处供奉的是丰干、寒山、拾得三位圣者。在唐代，寒山、拾得便是有名的诗僧。当年，在国清寺出家的丰干禅师在去赤城山的道上捡了个孤儿，取名拾得，长大后他在斋堂做事。有一天，拾得兀自登上殿堂，与佛像对坐而食，呵呵大笑，犯了清规，被罚在厨房打杂。寒山幽居寒岩，行状怪异，诗句总能信口拈来。他常来国清寺与拾得交往，讥刺世事，吟诗作对。在清代，寒山和拾得被称为"和合二仙"。寒山手持荷花意为"和"，拾得手持圆盒意为"合"，和合二字，喻示着男女相爱，和谐美好。景先生对此很感兴趣，对我说，你拍的照到时候发给我，我就不拍了。

穿过一段幽暗的长廊，有个天井，高处是妙法堂，正进行一场盂兰盆法会。景先生在廊下远远驻足，侧耳聆听法师讲经。此刻，一朵云从天际飘过，我把景先生想象成古画中的文人，高妙的景先生坐在云朵之上宣讲，一定有着神仙般的姿态。

在罗汉殿后有一方庭院，生长着许多植物。荷花已经凋落，墨绿的荷叶亭亭，沐浴在午后的阳光之下。景先生与周渔隐聊起了诗，他说万物皆有佛性，佛教说生命是平等的，诗人总要有万物有灵的想法。西方有些诗人对老子、庄子等人感兴趣，因为他们觉得新鲜。卡夫卡读过庄子，也读过袁枚的诗，他认为写作是为自己而写，为读者而写就是媚俗的。他们在漫谈，我边听边拍荷花。一名僧人在庭院里洒扫，发出的沙沙声如呓语。廊下的过堂风吹过，蝉声细雨般飘落。

在来天台山的路上，我约了闲云、孙明辉二位当地的作家，说是陪景先生一起去国清寺，闲云兄说知道景先生的大名，读过他的书。闲云是天台中学的老师，比景先生年纪略小，对天台山的文化颇有研究。闲暇时，他结集出版过《摩崖无语——天台摩崖石刻散记》等文化散文集，最近在写天台古村落。人是有气息的，一如他的笔名，如闲云野鹤，我与他仅有一面之缘，却对他颇有好感。闲云兄很热情，说时间不早了，去石梁有点远，不如就近去真觉讲寺和高明寺。客随主便，有闲云兄这位地主陪同倒也省心。

我们去罗汉堂转了转，又去了放生池园，这里的一亭一碑都有出处。清心亭前的石碑刻有"鱼乐国"三个大字，据说是明代董其昌手迹。也许是因为日子特殊，这里也正在做一场法事。在放生池前，有个供奉的香案，女居士们鱼贯而入，念念有词，这样的仪式增添了几许庄严。我们沿着池边的小径漫步，在乾隆御碑前听闲云介绍由来。历经风雨的漫漶，石碑透着时光的斑驳。我们仰头辨认着石碑上模糊的字迹，指尖触摸着两侧石雕上精美的图案，听着落叶一声声悠长的叹息。

山道盘旋，若是在古代，去真觉讲寺的道路一定艰难曲折。在林荫间我们拾级而上，抵达佛陇岗。据说当年，智者大师居金陵瓦官寺梦见了一处幽静的所在。在这一年秋日，他来到了天台山，走在通往金地岭的山道上，山风习习，他意识到这里的景色与梦境别无二致。于是，在佛陇岗上，智者大师修筑了草庵，十年之后结出了佛教天台宗这枚佛果。我们走在佛陇岗的青石和荒草间，走在竹林掩映的小径上，朝着真觉讲寺缓慢前行。

因地处偏远山岭，这里有别于其他寺院，除了香客和居士，一般很少有游客到访。沿着石墙通往山门，竹影摇曳，鸟鸣啁啾，十分清幽。我喜欢这样古旧的院落，光影投射在黄色的山墙上，落在桂花树旁，落在水缸里，落在荷叶上，晃动着，那样地明快与寂然。我们在智者塔院瞻仰、参拜，观摩着天台宗历代大师的画像，这一方圣殿其实就是人内心的净土。闲云兄闲暇时常来，跟这里的僧人和居士相熟，因此便显得随意。我们在厢房内闲坐，静品着一位年轻女居士沏的天台茶，云雾和甘泉滋养着这里的草木，也滋养着我们的身心。

在尘世间，人的心灵是自由的，也需要安顿，在山水间，与气息相投的人在一起，会产生亲近感。比如在高明寺，闲云领我们去幽溪边闲走，去访圆通洞，去观摩崖石刻。这里风景秀绝，空谷里弥漫着幽兰的气息。景先生博闻强记，饱读诗书。闲云兄为人散淡，闲语不多，却对这里的风物了如指掌。人的知识和涵养如同这条静静流淌的幽溪，溪间杂花生树，涌动的溪流潺潺不息。

结庐在仙境

这个国庆长假，我早有计划，便是去附近的山里转转。浙东一带，其实有不少风景名胜，那日起了念头去一探神仙居。

驱车前去，大约三个小时的行程。在白塔镇吃过当地的特色土家饭，便进了山。神仙居位于西罨幽谷，山清水秀，多奇峰飞瀑。车子越往里开，越觉出它的幽深。起伏的山峦，墨绿的森林，缥缈的云雾，还有那异峰突起的奇峰，让人恍然若梦。

进了山门，一条鹅卵石铺就的小径在脚下伸展开来，透迤着。一丛丛白的紫的狗尾巴草在微风中摇曳，我拉着小女的手，踽踽而行。

左顾右盼，我开始惊讶于大自然的鬼斧神工。有两峰相对，形似拱门者，谓"双峦架日"，还有酷似人脸的"将军岩"。人的想象力真是非富，可以将各种各样的山峰加以形容，如"神鼠驮石""神笔画天",无不惟妙惟肖。

我们在一条溪流边驻足,圆形的拱桥飞架两岸,而小女偏偏要走水上的梅桩。溪水清浅,清澈见底。平坦的溪谷中错乱地排列着大大小小的卵石。若是从前,必定是要脱了鞋去溪间走一遭的,而今,我只能在溪边观望,小心翼翼地护着她,生怕她有闪失。

这一路上,我们走走停停,去了山间的游乐场。小女对这一切都充满好奇,自顾自在道路边玩了起来。她摘了不少茶叶,说要带回家去泡茶。妈妈给她摘了些蒲公英,吹了开去,说:"瞧,一个个小伞兵飞走了。"她欢呼雀跃。

将军岩的前面有一片杉树林,叫作情侣林,我不解其意,后来听人说才恍然大悟:"这种杉树因为枝干上有许多倒挂着的刺状叶片,所以叫刺杉。我们平常看到的杉树都是单棵直立,而这片刺杉的奇特之处是出现了一个根部有两根主干,这样的生长现象让人很自然地联想到'在天愿作比翼鸟,在地愿为连理枝'的名句,所以就叫作情侣林。"哦,好一处情侣林啊!

若是连树都有这样美好的意义,那么这山也一定是沾染灵气的吧。果然,我们发觉了一处酷似人形的山坡,导游说:"瞧,这像不像一个睡美人?"仔细一看,确实有几分相像之处。一个头戴花环的美女,仰卧着,有鼻子有眼,凹凸有致。甚至连放在胸前的纤手以及微微拱起的膝盖也清晰可见,多么恬静柔美的肖像啊，而其恰恰与将军岩两两相对，遥相呼应。古人云："英雄难过美人关。"造物主就是这么神奇。

越往山里走，越显得幽深，峡谷溪流，曲曲折折。凝神望，"飞流直下三千尺，疑是银河落九天"。大概是最近的雨下得少，飞天瀑没有太盛的气势，只是一条细流，却笔直地挂在山崖，雨雾空蒙，如青纱，如丝带。从象鼻瀑始，景区内共有十一道瀑布，曰"十一泄飞瀑"。若是走完全程，是很考验人的耐力的。

奇险清幽，飞瀑云叠是神仙居景区的一大特色。这里远离喧嚣的尘世，远离纷争，若是像古人一般在山间结庐，煮茶论诗，必定美不胜收。

秋行蛇蟠岛

这酷热的天，若有一处阴凉的洞天供我消暑，当是求之不得。去三门，上蛇蟠岛是早已计划好的，仿佛有所图谋。况且有一群志趣相投的人同往，更是别有韵味吧。

回想起前年上岛，是在入秋之后，驱车到海边，再坐轮渡上岸。阔大的海面，波光粼粼。船只在海里乘风破浪，勇往直前。当夜醉酒，次日去野人洞。因是旅游淡季，游人寥寥无几。在洞内移步换景，所见所闻，俱是过往云烟。我是个恋旧的人，当年的人和事，一如这葳蕤的草木，随着季节的更迭，早已枯荣自知，时过境迁。

周末的海盗村和野人洞是欢乐的，烈日当空，人头攒动，有着人仰马翻的趣味，这恰恰契合了海盗村和野人洞最原始的景象。在久远的古代，蛇蟠岛就有人类活动的迹象，仿佛野人洞的传说更显神奇。穴居的野人衣衫褴褛，食不果腹，却过着神仙般的日子，洞穴叩响足音，他们如一个个音符在山野里跳跃。其实，这只是后人一厢情愿的猜想，野人洞因包定《和蛇蟠岛韵》中"野人家住神蛇顶"而得名，所谓的"野人"不过是"山野之人"，指石工、海盗和岛民。

池水幽蓝，水中荷叶田田。沿着石廊环行，一脚踏进洞内，便是踏进了另一方世界，与当世隔绝。褐色的山体已被掏空，千疮百孔，有着明显的锤敲斧凿的印记。斑驳的苔痕，流水潺潺，山风无孔不入，天光自开凿的天窗漏下，在明暗中踏着前人的脚印踽踽而行，仿佛是在岁月里历险。

海盗村实际上是后人的一个称谓。浙江沿海的海盗在霸王山盘踞，在历史上确有其事。东海枭雄们曾有着响当当的名号："海盗祖师"孙恩、"疍民先祖"卢循、"浙东海精"方国珍、"净海王"王直以及号称"世界船王"的郑芝龙，他们啸聚山林，亡命海角。恰巧在前几日，我曾读到过这段野史，明朝嘉靖年间横行大洋、创建了庞大海上帝国的"净海王"王直是因被同乡的浙江总督胡宗宪诱降而死。令后人唏嘘的是，王直并不认同自己的"倭寇"身份，而在狱中写了一份《自明疏》辩解，他说自己是在"觅利商海，卖货浙福，与人同利，为国捍边"，"绝无勾引党贼侵扰事情"，他还提出应开放海禁，使"倭奴不得复为跋扈"。可以想见，在处置倭乱这件事情上，当时的大明王朝是不择手段的，更何况王直的自立为王早已触碰到朝廷的底线，他可以驾驭船只穿越惊涛骇浪，却始终无法穿越大明王朝布下的天罗地网。据说在日本的王直故居门口，挂着一副对联："道不行，乘桴浮于海；人之患，束带立于朝。"

在幽暗的洞穴里行走，仿佛穿越在时光隧道。后人对历史的种种猜想，试图通过对一个个洞穴的命名和实物的布景来还原。山海会盟、海洋经略、霸王烽火、蛇蟠老营、海客遗风……浓郁的海盗气息至今仍在洞穴里回荡。盗亦有道、义薄云天，这些成语与词汇，在博大精深的汉语世界里，成为民族记忆的一部分而被保存下来。功与过，事与非，那些成为烙印的名字往往成为后人瞻仰和评判的对象。而我们，始终是一群游人与看客，在水滴石穿的洞窟里，在王直们的巢穴里行走，犹如隔岸观火，不入门径。

我们继续在盘根错节、曲径通幽的洞穴里穿行，试图寻找一个个鲜为人知的故事，仿佛这里的每一个洞穴和深井里都藏有宝藏，每一块石头底下都有一个秘密。我用双手触摸着石头，体验它斑驳的纹理和粗粝的质感。这里的石头是温暖的，它用余温告诉我，这就是时间的温度，这里的一切都源于自然的真实，而历史是可以任意虚构的，一如小说家虚构的故事，供人作为茶余饭后的谈资。一群姑娘从一侧的石径上飘了过来，与我擦身而过，留下一串银铃般的笑声，时间在不经意间悄悄溜走。

"千年尽露波涛声，万古犹存斧凿痕"。最值得敬畏的当数开采洞穴的石工们，他们虽然默默无闻，却向我们展示了高超的开采技术和鬼斧神镂的残山剩水。在野人洞景区的古洞人家，我们目睹了穴居的粗犷与写意，这里曾经是古人的栖身之所，也是采石文化的传承之地。在石窗洞，一扇扇精美雅致的石窗悬于洞壁，集中展示了蛇蟠岛先民雕琢技艺之高超。在拜石亭，面朝大海，祭一炷香，使我们得以领略先民石工们对天地的敬畏之心。岛上盛产的蛇蟠石，色泽棕红，宜雕琢，石工们通过八百多年的开采，为蛇蟠岛留下一千三百余个洞穴。这样的奇迹，相比于我的家乡——巧夺天工的长屿硐天——也是各有千秋吧！

贰

散轶的山水

散轶的山水

少时，读李白的《梦游天姥吟留别》时，便知道有个新昌，那里山水奇异，有着梦境般的瑰丽。古时浙东的唐诗之路，便是从绍兴出发，自镜湖向南经曹娥江，沿江而行，入浙东名溪，溯江而上，经新昌的沃江、天姥，最后至天台山石梁飞瀑，全长约两百公里。新昌，是唐诗之路的必经之地，众多文人墨客留下了大量脍炙人口的千古名篇。那些山水，曾无数次散落在一本名叫《唐诗》的册页中，供人遐想。

我曾两次来到新昌，做短暂的停留。大佛寺位于新昌县城西南，南明山与石城山之间的山谷。那个午后，天有些阴，随后飘起了细雨。我沿着一条石砌的小径，在林间穿梭，去往财神殿和观音殿。香火明明晃晃，烟雾在雨气中升腾。"佛手无限藏世界，财神有缘赠金银"，世俗的欲望，使人变得贪婪，急功近利，欲盖弥彰。却不知财神范蠡在世时辅佐越王勾践卧薪尝胆，灭吴后生财有道，又广散千金，这便是"舍得"——有舍有得，不舍不得。

在石宕岙去往射雕村的路上，小女在前，我在后，几次与她迷失，却原来是个花径迷阵。绿意浸染，鲜花烂漫，红墙黑瓦，木屋雕窗，恍若进入了桃源世界。侠的境界，大抵使人的内心回归到宁静、朴素、与世无争的境地，丰衣足食，过简单的生活。小女属马，生性活泼。她在桂树下流连，采摘桂子，那扑鼻的清香袅袅而来，一路芬芳。在梅花桩，她单腿而立。在去往卧佛殿的石阶上，她扑腾得像只小鹿。

卧佛殿在双林石窟，在高高的悬崖之上。石匠们将一块完整的岩体雕刻成卧佛的模样，面如满月，双眼微垂，侧躺在须弥莲花座上，达到了不生不灭、涅槃寂静的境界。这是亚洲最大的石刻卧佛造像。

在通往大佛寺的路上，有个放生池，水面宽阔，池水碧绿。在树下静坐，随意冥想，没有红尘的喧嚣，只听花开花落，也是一种难得的逍遥。池的一侧山坡上有座白塔，是为纪念智者大师而建。智顗世称智者大师，是佛教天台宗的创始人，隋开皇十七年（597 年）应晋王杨广之请赴扬州，途经石城寺，圆寂于此，后移葬于天台山塔头寺，此处为衣钵纪念塔。我在塔下凝望，只见有松鼠在树上跳跃，乌黑的眼睛，粗短的身材，毛茸茸的大尾巴，好似林间的精灵。

沿着放生池边的影壁，可见一个石牌坊，上面刻着四个大字——"石城古刹"。两侧对联撰着"晋宋开山天台门户，齐梁造像越国敦煌"的字样。大佛寺果然颇负盛名。在一段长长的甬道上，在人群中我一眼便望见了年迈的法师。他身穿一袭皂色的僧衣，左手捻佛珠，右手执拐杖，身材魁梧，大有鹤立鸡群之感。老法师走走停停，若有所思，那清瘦的脸上透着慈祥。

穿过甬道便是弥勒内院，一侧的山壁上有大书法家米芾题写的"面壁"二字，入内便可见大佛寺恢宏的正殿了。大佛寺的前身是"隐岳寺"。据《高僧传》记载，公元345年，僧昙光受竺道潜和支遁的影响，慕名前来弘法，栖于石室，草建"隐岳寺"，而后东晋十八高僧中的于法兰、于法开、于道邃等相继前来，大佛寺俨然成为浙东一带的佛教圣地。

我从正殿入内，得以瞻仰这久负盛名的江南第一大佛。殿堂内烟雾缭绕，天光漏了下来，大佛宝相庄严，结跏趺坐，慈眉善目，几乎从任何一个角度都能看到大佛面含微笑。佛像通高18米，头高4.8米，耳长2.8米，两膝相距10.6米，这样的比例，在视觉上达到了完美的协调。我们在佛像足下，惊叹于它的完美。我们的信仰源于内心，在俗世里会有很多的不如意，在那一刻，内心会获得一丝安宁。遥想当年，在南齐永明四年（486年），僧护见仙髻岩的崖壁上有佛光出现，便发愿在此开凿石弥勒像，历僧护、僧淑，涉两代而未成。梁天监十二年至十五年（513—516年），僧佑继袭遗业，方得成功。如此宏大的伟业，被誉为"三生圣迹"。从大殿出来，我又遇见了那位可敬的老法师，此刻，他在殿堂外，正为请愿的香客摩顶。近处，通红的烛光摇曳着，令人心醉神迷。相隔一年，当我再一次来到大佛寺，见到了老法师，我注视着他，他依然含笑不语，就这样再一次擦肩而过。修行修的是一份心境，即使在众生喧哗的时代，依旧要保持明净的初心。

后来，当我再去新昌，重读李白的《梦游天姥吟留别》"海客谈瀛洲，烟涛微茫信难求。越人语天姥，云霞明灭或可睹。天姥连天向天横，势拔五岳掩赤城。天台四万八千丈，对此欲倒东南倾"的诗句便心生感慨，感慨从明净的沃洲湖到沃湖山，真君殿檐角的华丽与雕琢，香火的传承与衣钵。任何时代的诗人，都有一个浪迹天涯的山水梦，当你身临其境远眺天姥山，李白的梦境是否依旧延续？在这个缺少山水情怀的时代，只是憧憬，抑或是寄托罢了！

朝圣佛国

一

我喜欢用"朝圣"这个字眼。

朝圣者的脚步与身影，在山高水远里，在长途跋涉里。只要是真正的付出，便会有不同的收获。佛国的朝圣路，只是行程的开始，而不是结束。

每次远行大都伴随着雨，这次去普陀山也不例外。一路上，我在车与船间不停地奔走。渡轮在洋面上几经颠簸之后，车开到了朱家尖码头。那一刻，华灯初上，与普陀山隔洋相望。

由短姑道码头登岸，北行不远就是普济寺。普济寺又称前寺，是普陀山供奉观音菩萨的主刹，始建于北宋。

夜宿普济寺，与佛如此地接近，第一次经历这样一个夜晚。寺院里灯火通明，影影绰绰。此刻，我凡心不动，心灵澄明。

虚空的月，高高挂起，透着平和的光。普济寺里人来人往，不乏如我们这般的香客，怀着一颗虔诚的心。

我很少在凌晨三点起床，而对寺院里的僧人来说，这早已司空见惯。要做佛事了，人们涌向大圆通殿。没有钟声，只有细细的脚步声与低语声。我无法窥视每个人的内心，但在佛的面前，无论祈求也好，祝福也好，一切都已洞然。

大圆通殿是普济寺的正殿，殿正中塑观音像，高约九米，两边塑观音三十二应身像，展现观音在十方世界以不同身份出现的各种形象。观音的坐像，无论从哪个角度看去，都安之若素，庄严慈祥，嘴角的微笑扬起，是那般沉静、安详。那微笑能将凡人的忧伤消解、化去。莲花绽放的那一刻，众生为之动容。鼓钵齐鸣，僧人们念念有词，抑扬顿挫，忽高忽低。梵音，指引着善男信女。

清晨，我在普济寺内用斋，遇见一位来自河南的老者。他说，五台、峨眉、九华他都去过，这次来普陀，算是了了心愿了。还说，他有皈依证，还想去走遍众多的佛教名山。

二

微雨的清晨，出普济寺，去了佛顶山。

坐缆车上山，只见茂盛的植被沿着山坡爬行，山下的房子显得越来越渺小。佛顶山又名白华顶、菩萨顶，为普陀山主山。山分支脉，分别向南、北、东伸延，主峰海拔291.3米，从远处眺望，诸峰若拱，峰顶如杯瓢，覆于积水之上。峰巅方圆平坦，宽广约二十余亩。巅峰建塔，塔上置灯，曰"天灯台"。后又修筑一座望台，登临此台，极目远眺，可观赏普陀洋和莲花洋辽阔的山海景色。

在白华顶，雨后空气清新，一如新鲜的氧吧。树梢、檐前都挂着清亮的雨珠，寺院的上空青烟袅袅，随即散去。呼吸在自然的空气里，竟有不食人间烟火的滋味，极目观览四周的山峰、洋面，悠悠然。

慧济寺位于佛顶山上，原为一石亭，供佛其中，明代僧慧圆创慧济庵，至清乾隆五十八年（1793年）始建圆通殿、玉泉殿、大悲楼等，扩庵为寺。光绪十三年（1887年）请得《大藏经》，由文正和尚鸠工扩广，遂成巨刹，与普济寺、法雨寺鼎立，合称普陀山三大寺。寺内，有一观音堂，四壁嵌着一百二十三尊石刻观音像，汇聚了唐宋元明清五朝名家的杰作。

我坐了下来，试图静下心。隔着天井观望，眼前是一个个穿梭的身影。除了悠扬的梵音，寺院内显得格外寂静。小沙弥在清扫院子，几名闲暇的僧人站在积水檐下，卷经而立，慢言细语。一切的一切，都是那么安详自然。

三

下山后去了法雨寺。在松柏掩映的山门前拾级而上，只见照壁上题着"天华法雨"四个大字，字间透着丝丝佛理禅机。

法雨禅寺俗称后寺，乃普陀山第二大寺。法雨寺的前身是海潮庵，取"法海潮音"之义，建于明万历八年（1580 年），后改寺，清康熙三十八年（1699 年），朝廷赐"天华法雨"匾额，遂改称法雨寺。

在法雨寺，香客们一脸庄严，持香膜拜，保持着对佛祖应有的虔诚；一些游人则在香炉前嬉戏着，抛些钱币，博取一些些欢娱。这场景，似人生呈现的两面，一半海水一半火焰。

法雨寺的建筑布局颇有特色，依山取势，井然有序，层次分明。初见九龙壁，只见浮雕上刻着九条龙的图案，扶摇嬉闹，几有飞天之感。霸气的九龙壁与温和的寺院结合，是一次偶然的相遇，还是由来已久，我不得而知。

入山门，中轴线上先有天王殿，后有玉佛殿，两殿间有钟鼓楼，依次有观音殿、御碑殿、大雄宝殿、藏经楼、方丈殿，气势不凡。观音殿又称九龙殿，九龙殿内的九龙藻井及部分琉璃瓦是清朝年间从金陵明故宫拆迁而来，可见清王朝对寺院建设的重视。

信步入内，见寺内林木茂盛，郁郁葱葱，有龙凤柏、连理松、古银杏，都是栽植年代久远的古树。多么希望可以伴着晨钟暮鼓，伴着烟雨清香，永驻在佛国的寺院里。真羡慕那些在古树间活泼跳跃的松鼠，而我们呢，内心需要怎样的一份安逸与平和才能快乐如斯？

四

普陀的海滩向来是人们神往的去处，那里有着柔软的金沙、宽阔的洋面，可以观潮、听海、看日出，还有紫竹林的"不肯去观音院"。清杭州人胡绍家《百步沙》诗云："太子塔前沙，临风散似霞。至今卷石在，不见惹微瑕。"湛蓝的海水不断涌向海岸，给金色的沙滩划出一道优美的弧线，而"不肯去观音院"，正是在这道弧线的顶端。

在普陀山东南部的梅檀岭下，山中岩石呈紫红色，剖石可见柏树叶、竹叶状花纹，故称紫竹石，后人也在此栽有紫竹。据历代山志记载，五代后梁贞明二年（916 年），日本高僧慧锷从五台山奉得一尊观音像，归国途中在此洋面遇风受阻。菩萨不肯东去，慧锷无法，便靠岸留下佛像，与岛上居民供奉，在此建"不肯去观音院"于紫竹林中。

曲折的通道、明黄的照壁，一直通向紫竹林的每一处院落。"紫竹禅林""悲运同体"，香炉的题刻、金匾的楷书，无不显示着观音修身的所在。

当我离开人群，独自漫步时，不经意间转进一处无人的院落。穿过弄堂，豁然发现一处四方的古井，崖壁上刻着"甘露法源"四个字。光明池就在这里，光明、甘露不正是观音身上的两大法宝吗？这里离海最近。咫尺间，有潮水拍打着青石垒就的屋基，发出阵阵的声响，那便是海潮涌动的声响。隔海相望，便是下一个朝圣地——洛迦山。

秀丽岱山

岱山，这秀丽的群岛，相传在两千多年前是秦方士徐福为始皇求长生不老药而登陆的蓬莱仙岛。遥想当年，徐福率三千童男童女至此，声势浩荡地在东沙山咀头上岸，他所见到的岱山应当是仙乐飘飘、云雾缥缈的仙界。

2015 年 6 月，在舟山三江码头登上渡轮的那一刻，我便被岱衢洋所吸引。这个时节的岱衢洋，洋面波澜壮阔，赤潮涌动。赤色是洋流里的微生物所致，其对鱼类的繁殖来说大有益处。显然，这是一处天然的渔场。远处烟波浩渺，四百多座岛屿星罗棋布，如一粒粒信手拈来的棋子。难怪放荡不羁的诗仙李白在酒后如探囊取物，写下"蓬壶来轩窗，瀛海入几案"的千古绝唱。

海是汹涌的，也有着柔情的一面，它会掀起滔天巨浪，也是孕育鱼类的温床。千百年前，岱衢洋是大黄鱼的故乡，渔民们一边搏击风浪，一边会心而笑，那是沉甸甸的收获所带来的喜悦。渔民们出海，要祭海，渔民们归来，要谢洋，饱含着对大海的敬畏之心。在"鹿栏晴沙"，我们顺着缓坡上的龙王石雕，沿着石级走向高高的海坛。在高处，恢宏的广场上，一枚金光闪闪的定海神针直入云霄。传说中的雷公、电母、千里眼、顺风耳、二郎神、捕鱼郎的雕像守护着四面八方。每当祭日，渔民们便要备好丰盛的祭品，举行祭祀仪式，祈祷东海龙王能够护佑船只顺风顺水，渔获满仓。在大海面前，人类是何其卑微，用虔诚之举敬畏自然，是一种自我觉悟与警醒，从而达到人与自然的和谐相处。

离海坛不远的沙滩便是"鹿栏晴沙"，我一听到这个名字便有些醉了。辽阔的海岸线，弧形的沙滩，它因鹿栏山而得名。沙的质地细密坚硬，呈铁灰色，沙滩宽广平坦，有"万步铁板沙"的美誉。一波一波的潮水不断地涌上岸，哗哗哗，有节奏感的律动，扣人心弦。潮水退去之后，沙滩上便留下一道道细细的波纹，那是海浪与沙滩激吻后留下的印记吧。当你赤足在沙滩上漫步，海风迎面吹来，掀起你的长发。潮水亲吻着你的脚尖，柔柔的，酥酥的，有一种醉人的舒畅，肉身也会变得轻盈。

趁时间还早，我们去了东沙古渔镇，其建置可上溯到唐宋时期，兴于清康熙年间。这个号称"中国唯一"的海岛古渔镇，如今却像个垂暮的老人，在夕阳下多少有些黯淡。我们踩着石板路，徜徉在横街头。那些经过翻修后的临街店铺是清一色的白墙黑瓦木质结构，透着古色古香的韵味。米行、布店、银楼、客栈、鱼货行等早已落了门板，人去楼空。而原先散落在四处的老房子屋檐都很低矮，狭窄的里弄通往深处，空间局促。它们肩并着肩，仿佛诉说着陈年的往事。昔日万人空巷的繁华渔市已经杳无踪迹，如今冷冷清清，光影将横街的影子拖得很长很长。

在群岛作家陈列室门前逗留，那清幽的院落，是适合闲暇时小坐的。早就知道岱山有个作家群体，如今，在这个小小的院落，陈列着他们的创作成果——编辑的《群岛文学》，出版的与岱山相关的诸多著作。在廊檐下搬一把椅子，坐在长条桌前，泡一杯绿茶，翻开一本书，读上几句。

相去不远是一家老式的茶馆，原先是一座完整的四合院，天井是敞开式的，各间厢房井然有序。一根根圆形的屋柱经历风雨，支撑起这座百年老宅。堂屋内堆放着一些杂物，除了一两间生活用房之外，其他都已闲置。房屋上过新漆，却依旧透着斑驳时光留下的旧物气息。房屋的主人好客，让我随便参观。他已到耳顺之年，经营着这间清淡的茶馆，看上去气色不错，他的子孙已经背离乡土，搬迁到舟山城里居住。

在茶馆的斜对面，坐落着中国海洋渔业博物馆，黑漆漆的大门，乃民国初期建造的双层四合院木结构。一座是海曙楼，另一座的牌匾上写着"渔都之光"，古朴宁静，透着幽远的淳香。

那里陈列着各种海洋生物标本和渔民捐赠的船具、船模、渔网等实物，展示的是舟山海洋渔业史及近代渔业捕捞史。那个十八世纪初期开始便渔船云集，兴盛一时的古渔镇见证了一段辉煌的历史。当我走出老宅，一只慵懒的花猫趴在墙角，眼里发出幽蓝的光，面对着镜头的聚集，丝毫不以为意，静默，悄无声息。

第二天上午，我们去了岛上的最高峰——磨心山。这座灵性的"化性山"上有慈云禅院，建于清乾隆年间，如今扩建成一座恢宏的寺庙。沿着一级一级石阶往上，穿越一座座佛殿，在庄严的佛像面前，心态也会变得平和。在青葱的山间漫步，闻鸟语啁啾，便有了说不出的欢喜。当我登临山顶的玉佛宝塔，见四周山峦葱郁，云雾缥缈，远处的岛屿和山下的县城便一览无遗了。

走读畲乡

一

走读是一种很美妙的感觉，听起来就让人回味无穷，而畲乡的风情更是让人流连忘返，因此，我决定诉诸笔端，让这种美妙的感觉停留在纸上。

这次旅行对我来说意义非凡，在中国的版图上，丽水的景宁县是全国仅有的一个畲族自治县，它山高路远，地域偏僻，山清水秀，民风淳朴。景宁之行，令我见识了朴素之美。

有文字记载，景宁县的大均古村始建于唐末五代初期，一千多年来始终是瓯江支流小溪流域的水陆交通枢纽，商贸经济较繁荣，耕读风尚也很注重，形成了大均人重"三杆"的民俗，即笔杆、秤杆、竹竿（撑篙），靠写契、写文书、做生意和撑船撑排谋生。古村在建筑上形成了具有明清风格的古朴的前店后院式山区商贸古街风貌，有"小溪明珠""景宁最高学府""浙南芙蓉镇"之美称。

这一路上，目光所及，是高山、峭壁、河流、溪涧、山林、石屋，大均古村就隐藏在这连绵的群山之中。汽车在弯弯曲曲的山道上行驶，稍有不慎就有坠落深渊的危险。而沿途的风景是一剂良药，消解了我的不安。

在历经了一番坎坷与颠簸之后，我如释重负，大均古村近在咫尺。大凡村寨都有一些特色，畲族的村寨也不例外，它依山而建，傍水而居，一排排古旧的老屋勾起了我的思绪。墙上古旧的粉刷标语，"农业学大寨""革命促生产"……无疑使人联想起那个呼风唤雨的年代。山里人是本分的、淳朴的、闲散的，自给自足的生活无形中使他们变得随性，而山川与河流，是他们的衣食父母。于是，对于这里的村民们来说，任何标语式的口号都显得无足轻重。

在村寨临近瓯江支流的江边，一棵唐樟引起了我的兴趣，据说它已经存活了千年。千年的古樟树，大概算是树精了吧，它树大根深，枝繁叶茂。从"襁褓"起，它就喝着瓯江水长大，见证了畲乡人的时世过往、生老病死，它是一部编年史，更是一位最有力的见证者。杜甫诗云："豫章翻风白日动，鲸鱼跋浪沧溟开。"而我，在这棵古樟树下，看到了一条奔流不息的河流和一个风情万种的古老村寨。

二

畲族又称山哈族，是个能歌善舞的民族，以歌代言，以歌为乐。其服饰、婚嫁、宗教、图腾，无不显示着鲜明的民族特色。史载，畲族在隋代就在我国南方闽、粤一带生活，是开发这一地区的土著民族。"畲"字，来历很古老，早在春秋时期就已出现。畲，烧榛种田。杜甫曾云："瓦卜传神语，畲田费火声。"畲族种的稻被称作"畲禾"，玉米称作"畲客豆"，开垦荒山则称之为"开畲"。"畲"字作为族称，则始于南宋末年。

走婚是畲族的传统习俗，来到了畲乡，自然不能错过了解。常言道"男大当婚，女大当嫁"，而在畲族，"嫁娶"二字并无区别，只要双方愿意，男方也可以"嫁"入女方。我们汉族叫入赘，而在畲族，女方还要送财礼，以示尊重。畲族走婚的习俗由来已久，且花样百出，如同一出盛宴，传递着畲族儿女对美好未来的憧憬与喜悦。

这是一个浪漫的民族，畲族女子出嫁，首先要对歌，以试探男方的真诚。大体有几个步骤：鼓乐迎宾，山歌对唱，迎亲，拦路对歌，借锅，杀鸡，出嫁等。对歌对于男女双方来说并不困难，畲族向来是个善歌的民族，任何一个当地人都有可能是个出色的歌手，而盛装的对歌，无异于一场传唱山歌的盛会。

　　两个中年汉子吹响了唢呐，热热闹闹的迎亲队伍走进村寨。一间明亮的堂屋内张灯结彩，喜气洋洋，一群活泼的畲族少女头裹花布，身上穿着五彩绣花的凤凰装，她们嬉笑着排成一行，仿佛是在等待着久违的情人，她们看上去是那么明丽自然、动人活泼。客人们的热情也被点燃，随之而来的是一场欢娱的盛宴。

　　畲族新娘穿着传统的"大凤凰装"，从阁楼上缓缓而来，她的发髻高高盘起，顶着银制的凤冠，银饰透着闪亮的光泽；她的衣领、袖口、裤脚都绣着桃红、大红或明黄的图案花边；她的腰间系着金边和丝絮的织锦花带，看上去是那么端庄、绚丽，如同一只展翅的凤凰，婀娜多姿。转眼间，美丽的新娘被娘舅轻轻抱起，要与新郎一道拜堂、敬茶、敬酒，双方的傧相对唱着情歌，畅饮着美酒。

三

　　轿夫抬着一顶晃悠悠的花轿将新娘送往夫家，花轿在山哈人的弄堂间穿行，如同穿越了过往。两旁排屋临街而建，略显陈旧；山哈家园的台门在蓝天下分外耀眼，黑色的瓦砾，粉白的墙体，黛青的石条编排成台阶；一条条常青藤从天而降，从巷子的深处到更深处，流动的风已吹拂了千年。

　　喜气洋溢在山哈家园的上空，街头、巷尾，乃至坐在自家门口编织彩带的老阿婆都露出了干瘪的笑脸。而你，畲族的新娘，带上老奶奶亲手为你编织的彩带吧，当你用双手触摸着那些带着纹理与脉络的彩带，畲族的先民们在为你祈福，从此，你的一生将与爱人相伴，白头偕老，丰衣足食。

我无比兴奋地跟随着迎亲的队伍，从村寨的这头走到那头，从这间屋子踏进另一间屋子。正屋的屏风上张贴着一个大大的"喜"字，四方桌上摆着自酿的米酒，耕作用的农具散落在各个角落，空气里弥漫着松香与油菜籽的味道，更多的人聚集在新人们的周围，起哄着看新郎新娘对拜，喝交杯酒。畲族的新娘是端庄的，也是贤惠的，你看，在有天井的院子里，一道七色的阳光翻越墙头，落在了新人们的脸上、身上。美丽的新娘，当你掬起一抔清水，抬起头，轻轻地为新郎拭去脸上的灰尘，新郎正与你脉脉对视，会心一笑。这一切的一切是那样纯洁与美好，时光在瞬间凝固，定格成一幅幸福的画卷。

静止的不止是时间，还有空间。而静止不可能永久，一阵锣鼓声终于打破了时间的静止，少女们开始亮相舞蹈，伴随着音乐的节拍，她们在四方的台子上踏着摇曳生姿的舞步，一种强烈的动感与节奏打动了我。激情在瞬间迸发，没有人怀疑时间的存在，就连空间都是无休止地停顿、凝固。没有欢呼与雀跃，只有那些少女，在忘我地踏步、转圈，进退自如，而后，划出一道道优美的弧线。畲族的先民们，用一种音乐的方式，将他们内心最原始的冲动与激情保存了下来，一代代地传承下来，而后来的后米，将会有更多的子孙来延续他们的血脉。

人在仙都

一

缙云仙都，有九曲练溪，百里画廊，山奇水秀，别有洞天。早在唐虞时代，黄帝缙云氏之一部南迁聚居于此地；春秋战国时期，仙都与黄山、庐山并称为轩辕黄帝行宫——三天子都。

大凡山水奇秀之地，都会有一些美丽的传说，仙都的传说更是源自一个远古的神话。话说上古时期黄帝大治天下后，代天巡牧于此，见此地峰回路转，别有洞天，便放弃了继续南巡的打算，留了下来。黄帝铸鼎炉，殇百神，以安定四方。忽一日，山中风起云涌，一条大虬自深沟里腾空而起，将一只金鼎托向虚空，上篆"真金作鼎，百神率服"八个鸟文，空中飘来五彩祥云，山谷里仙乐飘飘，一条五爪金龙从天而降，请黄帝上天，黄帝欣然而往，金龙腾空而去。只是却苦了那条大虬，因为那些臣子想追随黄帝，攀上了虬身，而无法升天，只好化作了一道山峰——玉柱峰。而在金鼎脚下，顿时一片汪洋，成了一个鼎湖。从此，黄帝的子孙们纷纷到此朝拜，祈求风调雨顺，物阜民丰。自先秦始，这里正式建起了缙云堂，作为祭祀黄帝的场所。

这可能是历史上关于仙都的最早的传说，而这个传说流传千古。于是乎，除了朝圣者外，仙都还迎来了一批有名的方士、炼丹家、神学家，如汉代的王方平、蔡经、徐登，三国时期的左慈、徐来勒，晋代的郑思远、葛玄葛洪祖孙，南朝的陆修静、孙游岳、陶弘景……历代的神学道士们，该来的几乎都来了，他们炼丹的炼丹，修道的修道，如此密集的群体，对于仙都这片山野之地来说，不能不说是个奇迹。从此，除了黄帝祠宇之外，仙都又多了一个响亮的名字——道教玄都祈仙洞天。时间到了唐朝，仙都再一次出现神话。北宋《祥符图经》记载："唐天宝七年六月八日，有彩云起于李溪源，覆绕缙云山独峰之顶。云中仙乐响亮，鸾鹤飞舞，俄闻山呼万岁者九，诸山皆应，自申至亥乃息，刺史苗奉倩上其事于朝。"这样的好事，唐明皇李隆基听闻后自然龙心大悦，叹道："缙云，真乃仙人荟萃之都也。"当即敕封"仙都"二字。

二

推开阳光虚掩的门，仙都呈现出不同的色彩。我们是幸运的，一如那个误入桃源的捕鱼人，在斑斓的阳光下，得以踏遍那一方锦绣的天地。而时间是隐秘的，不因光阴的阻隔而间断，无尽的空间得以绵延至今。当我小心翼翼地步入某一处山洞，时间呈现出迥然的两面，一面是远古的空洞，另一面则是现实的观照。而倪翁洞是真实的，它的洞口就裸露在阳光下。

倪翁洞，位于"旸谷三窍"以北，洞有两口，一在东北，二在东南，洞正中有书"初阳谷"三个大字，相传为唐缙云县令李阳冰篆书。倪翁，《史记·货殖列传》称计然，南北朝《史记集解》引晋徐广曰："计然者，范蠡之师也。"原来，仙都初阳山中隐居的竟是一位中国古代最早提出商业理论的大思想家。倪翁，姓辛，字文子，名计然，亦名计倪，春秋蔡丘濮上人，其祖先为晋国逃亡至宋国的没落贵族，先拜老子为师，博学，尤善计算。周游列国后，倪翁入越被拜为大夫。他助勾践图强，《史记》称"计然之策七，越用其五而得意"。范蠡师事之，后用其策施于家，乃治家巨万。据传倪翁著有《万物录》。就是这样一位精于算计的商业巨子，却选择了一条退隐之路，栖身在这个隐秘的山洞，过着一种困顿的生活，这不得不说是一种智慧。而他的行径终究被后人所发觉。光阴荏苒，洞谷依旧，当慕名者接踵而来，一个昔日的秘密便不再是秘密。

世事无常，倪翁洞却保留着原始的风貌，其中不乏书家的真迹留存。李阳冰便是其中一位。这位唐代的书法大家，昔日的缙云县令，用他引以为傲的小篆在倪翁洞留下墨迹。《宣和书谱》称："有唐三百年以篆称者，惟阳冰独步。"那么，李阳冰的到来，又一次提升了洞谷的价值，使它不至于消失在时间深处，而历代读书人的络绎造访，更使它熠熠生辉。米筛洞居"旸谷三窍"之中，洞小，人不能直立，南与读书洞相邻，由两三个米筛大小的圆洞相通，故称"米筛洞"。当七彩的阳光穿洞而过，光阴滞留在枯黄的书页之上，一个个大小不一的背影投在幽暗的崖壁，忽明忽暗，忽高忽低；当书生踱着方步，朗朗的读书声响起，苦读的寒窗也变得富有诗意。关于读书洞，一位诗人这样写道："地是仙都旧，书声久已沉。云含山影入，溪带晓凉侵。野蔓绣虚壁，谷禽弄好音。何当长栖住，来读古人心。"

"何当长栖住，来读古人心。"没有人能够改变时间的颜色，更没有人能够长久地居住在这个隐秘的洞谷，只有七彩的阳光在空间流动，一直滋养着天地万物。

三

沿着一条名叫锦溪的溪流抵达仙都，呈现的是一幅旷世的水墨画。在浩渺的烟波里，一眼便望见了一柱崔嵬的山峰——鼎湖峰，唐代诗人徐凝诗云："黄帝旌旗去不回，空余片石碧崔嵬。有时风卷鼎湖浪，散作晴天雨点来。"那便是黄帝驭龙飞升之地。

由远及近，过登仙桥，来到鼎湖峰脚下，拔地而起的山峰更显得突兀。鼎湖峰将巍峨的身姿投入湖中，一只竹筏划了过来，顷刻间，光影变得支离破碎。而湖水滋润着丰茂的水草，摇曳着。

在鼎湖峰的背面便是步虚山，古时的缙云堂，如今的黄帝祠宇，就建在仙都山与步虚山的谷口苍龙岭。步虚山的山巅，相传为黄帝炼丹之所，步虚山下的沟壑，相传是轩辕黄帝的辙迹。

自古以来，缙云就有着祭祀黄帝的传统。元《仙都志》云："自唐天宝戊子（748年），以独峰彩云仙乐之瑞，刺史苗奉倩奏闻，敕封仙都山，周围三百里，禁樵采捕猎，建黄帝祠宇，岁度道士七人，以奉香火。"北宋《太平御览》记载："太初三年（前102年）东方朔从西那国汉，得声风木……缙云封禅之时，许贡其木为车辇之用。"看来，当时的祭祀场面，已初具规模，当狂放的人流攥着旌旗，翻越群山，从四面八方汇聚而来，杂乱的车马声、锣鼓声响彻山谷，又该是怎样一番热闹的景象？

四千年前的乡野之风，吹拂在缙云的山谷，就连这山，这水，还有这一草一木，都会阅尽沧桑吧。废墟之上，开出奇葩；废墟之下，掩埋着来自春秋战国的印纹陶片，而时间就这样静静地流淌。那些略显斯文的书生，则从容了许多，他们拢拢衣袖，将一双双沾满泥土的草屦，踏入杂草荒芜的小径，歌唱着，逍遥着，登临最高处。

其实，当我漫步在鸟语花香的山谷，在庭台楼宇间穿梭，更多地关注着这里的人文、地理，还有那弥漫着香火味的浓浓气息。"人文始祖""北陵南祠"，那些堂皇镀金牌匾、朱漆门楣以及铭刻在金鼎之上的颂词，只不过是些虚妄的表象，而一切的真实，应该来自山野的朴实、真正的崇敬与骄傲，如同在血管里奔放的血液，饱含着黄帝子孙应有的激情与热度。

小镇寻园

小莲庄是一处江南名园，既秉承了江南园林的中国传统特色，又吸收了西洋建筑的风格，可谓中西合璧。

小莲庄位于浙江湖州市南浔镇，据史书记载，其始建于清光绪年间，是南浔首富刘镛的私家园林。刘氏于清同治十二年（1873 年）购得"鱼池径"荷池及周围土地，原为归柩暂殡寓园。从光绪十一年（1885 年）开始，在池周补植花柳，重栽菡萏，布置台榭，启建家庙，前后历时四十载，于1924 年完成，因慕元代书画家赵孟頫湖州莲花庄，而自名"小莲庄"。

一个长假，我慕名前去，刘氏正是中秋那夜。透过车窗，见一轮皓月孤悬于地平线之上，有一种皎洁的空。挤在闷热的长途客车里，我和同伴聊着聊着便睡着了。一觉醒来，已到了湖州地界，便眼巴巴地盼着早点到达。

客车在午夜时分停靠在一处偏僻的地方，下得车来，四顾茫然，身处异乡，感觉像是被弃的孤儿。幸亏一起下车的还有一个在当地开店的同乡，在他的指引下，总算找到一家落脚的旅馆。旅馆破旧，我丝毫没有了先前出门时的喜悦，真不知道明日是怎样的一番光景。

第二天，天微明便起了个早。先买了张当地的旅游图，同行者指手画脚，终于在地图上找到了一个名叫"小莲庄"的地方。

来到小莲庄，大门是一座西式的砖牌坊，高高耸立，高墙内是一丛翠绿的青藤，仿佛是幽深的洞府。信步入内，是一处典雅别致的私家庭院。翘角的飞檐，九曲的回廊，长廊里嵌着石碑，我上前细看，原来刻着《紫藤花馆收藏帖》和《梅花仙馆藏真》，想来主人必定是个附庸风雅之辈。我见那碑书法遒劲，文采飞扬，一时兴起，就近买了本当地的史料读了起来。

主人刘镛是个商人，经营生丝，因南浔紧邻上海，又是湖丝的主产地，所以这里的湖丝闻名海外。刘镛得天时地利，经营丝业，一时发迹，随之又投资扬州办盐业，后又经营茶业、垦牧等，成了南浔首富。难怪他的私家花园竟有如此规模。

我正捧书在手，这边同伴已经等得有些焦急，我便赶了过去。只见她坐在池边的石椅上，指着池塘说："瞧，多美啊！"我顺着她手指的方向望去，田田荷叶覆盖整个池塘，金黄的鲤鱼在水里觅食，随意跳跃，雾气散尽，水面波光粼粼。

　　园林有山有水，有亭有轩，以荷花池为中心，依地形设山理水，形成内外两园。内园位于外园的东南角，建于1924年，是一座园中园，据说是参照唐代诗人杜牧《山行》之意境："停车坐爱枫林晚，霜叶红于二月花。"我去的时候由于不应季，因此未能得见那番诗情画意。

　　我对小莲庄感兴趣的是那荷池四周的建筑，顺路走去，荷池南岸的"退修小榭"临池而建，建筑十分精巧，中厅方正，两翼凸伸入荷池，形成独特的凹形，而凸伸部分自成小厢，称耳房。后厅有暗廊，与两侧曲廊相连，有峰回路转之趣。

　　有人在耳房内喝茶、观鱼、打扑克，现代人的闲情雅致，丝毫不输于古人，但少了几许恬静，多了几许嘈杂。

　　我对"退修小榭"这个名字很好奇。作为商人的刘镛，哪有这般闲情雅致？大凡功成名就之辈，因厌倦庙堂和江湖，逐渐萌发退隐之心，这样的居所倒是可以修身养性。

　　荷池西岸的"东升阁"是西洋式的建筑，是刘家小姐的住处，俗称"小姐楼"，室内用雕花圆柱装饰，壁炉取暖，外层用百叶窗遮光，充满浓郁的外国情调。可以想见，当时的中国，已经接受了西洋化的风格。上海是中外通商的前沿之地，西方的文化引入中国，紧邻上海的湖州近水楼台先得月，从这个西洋化的建筑上可见一斑。

　　当然，荷池西岸中部的"净香诗窟"算是继承了古代遗风，单凭这个名字就能看出主人是很喜欢吟诗酬唱的。据说因室内藻井一为升状，一为斗状，故又名"升斗厅"。藻井的造型别具一格，被称为"海内孤本"。我觉得升斗厅的名字过于刻板，虽说升字有节节高升之意，却不如净香诗窟来得雅致。

　　嘉业堂藏书楼在小莲庄的西侧，建于1924年，是刘镛的长孙刘承干所建。嘉业二字，足见后辈对家业的重视，为了将祖业发扬光大，可谓用心良苦，且有宣统皇帝御赐的"钦若嘉业"九龙匾高高悬挂于此。由外观看，好一处悠闲的所在，几处亭台，一衣带水，乡野别趣，浑然天成。

　　我不在乎嘉业堂的藏书有多丰富，因为难得一见，只是参观那气宇轩昂、结构雄浑的建筑。我不会忘了自己只是个参观者的角色。既来之则安之，在林间觅得一个阴凉之处，捧一本书，好与它留个影，大凡与人说起，我是去过江南名园的。

云水乌镇

走进乌镇，就是走进一幅水墨画。乌镇的水乡风情实在是太诱人了。不知该用怎样的词汇来形容乌镇。它与世隔绝，却阻挡不住游人匆匆的脚步；它古朴幽远，却不能远离繁华的集市。它有着幽深的小巷，绵长的绿水，悠久的历史，古朴的民风。走进乌镇，就是走进了云水之乡。

乌镇有着绵长的小巷，小巷里的道路异常整洁。在狭小的空间里，商铺林立，酒旗飘飘，茶楼里清香袅袅，各种风味小吃应有尽有，店里的阿婆阿嫂们张罗着新鲜的糕点。可惜清晨来乌镇的人并不多，除了我们，只偶尔见到三三两两的散客。店里的人热情地招呼我们，可我们早已被这迷人的景色深深吸引，哪顾得上歇脚？店里的人仿佛已经习惯了游人初来的淡漠，不以为意，从容地打点手中的活计。

当年，乌镇人日出而作，日落而歇，恒久不变地重复着，日复一日，年复一年，过惯了平淡的日子，透着一股随意的祥和。徜徉其间，竟生出几许暖意。

在一间又一间青砖石打造的老房子间流连，仿佛在寻找一段已经消逝的时光。在宏源泰染坊里，我看见了蓝印花布高高挂起，悬在十字木架的高处，眼前呈现出电影里无数次看到的场景，心中一阵窃喜。同行的女孩们穿行在长条形的蓝印花布间，互相打闹、嬉戏。老作坊以骄傲的姿态耸立着，仿佛是在陈述一段悠远的历史。女孩那烂漫的一笑，在和煦的微风里凝固。

在百床馆里陈列着一张张精致昂贵的木床，昭示着主人昔日的荣耀，多少个能工巧匠的心血与智慧的结晶在此汇聚，那一块块雕着花纹的木板，拼凑着多少个鲜为人知的故事。可惜它们的年代已太久远，再精致的花纹也被蒙上了岁月的灰尘。

许多人来乌镇，是被媒体图片上的风光所吸引。谁不爱这小桥流水，谁不爱这乡土乡情，谁不愿在这一方水土里流连忘返？三月里的乌镇，绿树发芽，阳光明媚，在小桥流水间，只须放开脚步，做一番心灵的畅游。

和许多江南水乡小镇一样，乌镇的街道、民居都是依河而建，沿河的民居有一部分延伸到了河面，三面有窗，可以观河，人称"水阁"。坐着品茶观景，的确别有一番情趣。

乌镇的空气很潮湿，阳光下的小河弥散着雾气，河对面的吊脚楼里偶尔会伸出一只手，牵一根吊着木桶的绳子，在水面上荡来荡去，划一条优美的抛物线，只听见清亮的落水声响起，然后木桶灌满水，被高高吊起，脱离水面，水面又恢复了原先无波无浪的平静。隔着河，我朝对岸张望，试图窥视一下屋内的情景，只见对面的屋子里黑漆漆的，什么也看不见，想来住在这里的人们依旧保持着原汁原味的生活状态。

乌镇的民俗民风实在是太丰厚了，以至于我在巷子里转了又转，难以得窥全貌，只能走马看花，稍做停留。最后，我干脆去租了条乌篷船，坐在宽敞的舱里，移步换景，做一番水上游，真可谓"人在岸上走，我在画中游"，别有一番情趣。

春色无边

　　春，仿佛是个慵懒的女子，缓缓地舒展。

　　她毫无怯意，只是一味地迁就，一味地梳理着她的容颜，令人赏心悦目。繁花开在枝头，引来世人的流连。流连在繁花丛，流连在碧草间，贪婪如我，朝思暮想。湛蓝的天，如孩儿的脸，纯洁的笑。

　　有谁不羡慕这春色无边，情意绵绵？有谁不发自内心地微笑与愉悦呢？明镜般的湖面，最好能荡起桨，微漾开去。

　　沉醉春风里的游人，多半未见过这山，未见过这水，难解其中的秘密。越是离奇的故事，越显得美，越是虚无，越显得缥缈。水雾弥散开去，露出绝色的西子，而此刻，我踱上了汉白玉雕的石桥，寻找一段凄美的爱情。

　　爱情的挽歌在风中飘荡，忘却凡间的烦恼，便是无忧的天堂。只想遇见，只要遇见，千年的魂魄，便不虚此行，不枉来生了吧。

　　无论是许仙还是白娘子，无论是苏小小还是她的阮郎，都曾在此幻化成精灵。习习清风，依依杨柳，翩翩善舞，断人心弦。

青春在岁月里蹉跎，湮没在一抔黄土里，而我仍固执地相信这是忠贞不渝的爱情，一颗江南女子为爱痴迷的心。法海镇压了白娘子，十八岁的苏小小最终也没能等到她渴望已久的爱情而香消玉殒。

还好，我不是一个迷信的人，在确信自己是个凡人之后，便不再有痴心妄想。湖，依旧是千年的湖; 水，依旧是千年的水。只是这世间轮回，沧海桑田。

这便是苏东坡植下的柳吗？这便是林和靖种下的梅吧。任何猜测都是毫无意义的生搬硬套，而屈风词韵则令人荡气回肠。

舒展一下疲惫的身姿，眺望一番远近的风物吧，即使流连忘返，即使意兴阑珊，只要踏踏实实地走过，这湖畔的一方水土，也算前世修来的缘。

一道坡，一座桥，都是一道风景；一棵树，一枝花，都是春色无边。

春日，你若在孤山上独自漫步，便会发觉，这里有着异样的宁静，青山、绿水、闲云、落花，悠游如在梦里。在孤山的阴面安一间修竹植梅的雅舍，让千年的风涤荡胸腔；让淋漓的雨在西子湖畔自由挥洒。

此刻，不孤的孤山，有一群飞鸟掠过，如不灭的诗行。

梅自绽放，鹤已难寻。

闲梦西溪

我对西溪的最初印象，源于女散文家苏沧桑笔下的文字："如果西湖是杭州善睐的明眸，西溪则是她另一只没有化过妆的眼睛。"

苏沧桑以女性独特的视角与西溪对视，她轻摆罗裙，款款而来，在这个江南的梦里水乡寻找一番久违的梦境。

一个薄雾的清晨，我与西溪不期而遇。她素面朝天，不施粉黛，她淡定从容，洁净如初。当我忍不住拨开婆娑的芦苇，沿着那条卵石铺就的小径走去，似乎闻到了泥土的芬芳。没有风，西溪的河面波澜不惊，就像一面泛绿的镜子。偶尔有摇着橹的船经过，桨划破了水面，发出一声清亮的脆响。一只黄绿相间的水鸟立在芦苇秆头，悠闲地晃荡，几乎使我怀疑，它是在冷眼观察着我们的一举一动。我们的到来，没有引起它丝毫的慌乱，就像是个隐者。

踏上一座石桥，西溪的美色尽收眼底。河与河交错，水与水相连，四周的植被郁郁葱葱，火红的柿子压满枝头，雪白的芦苇轻舞飞扬，俨然一派泽国风光，难怪古人用"千顷兼葭十里洲""万顷寒芦一溪水"来赞美她。

过烟水桥，沿河走不远，便是一个渡口。西溪的渡口不止一处，只要有汀洲，便会有渡口，便会有停泊的渡船。

我们坐上了一艘去烟水渔庄的游船，没有划桨，没有欸乃的摇橹声，似乎少了些韵味，然而两岸的风光瞬间便冲淡了我的失落。西溪的河水引领着我，走进时光深处，去寻访一个业已消逝的梦。

一千多年前，西溪便有一桩值得骄傲的记载，南宋皇帝赵构想建都于此，便情深意笃地道："西溪且留下。"西溪留下了，西溪的子民们留下了，世代繁衍生息，耕田捕鱼，过着丰衣足食的日子。康熙南巡，在西溪为高士奇别业御题"竹窗"二字并赋诗一首。后来乾隆驾临西溪，亦写有《西溪探梅》诗。

清雍正《西湖志》卷四载："西溪，在西湖北山之阴，由宝石山北陆行，绕秦亭山，沿山十八里，为宋时辇路，抵留下……水道由松木场入古荡，溪流浅狭，不容巨舟。自古荡以西，并称西溪。曲水弯环，群山四绕，名园古刹，前后踵接，又多芦汀沙溆。"

西溪之美，在于人文，在于地理，在于风土人情，而一切皆源于自然，源于河流带给我们的广袤湿地，源于人与自然交融时那份难得的惬意。多少雅士隐居此，多少诗人在这片古老的湿地上留下屐痕。这一切，都已沉入水底，消逝在时光的河流。

且记下那些充溢诗意的名字：泊庵、蒹葭桥、烟水庵、凌波桥、深潭口、秋雪庵……

在绿树掩映的浓荫下，我发现了一艘停泊的小船，船上的戏班拉响了二胡，身穿花绿绸缎的艺人正上演着一出越剧。人生如戏，戏如人生。多少名角为之沉醉，多少票友痴迷一生。

在斑驳的林荫深处，沿着一条小径前行，穿过一座木桥，我寻到了一片野地。野地里摇曳着芦苇和狗尾巴草，一丛丛紫色的小花烂漫地盛开，一间茅屋就隐藏在繁花丛里。我循迹而去，蝴蝶翩然而至，仿佛是些隐逸的使者，邀我入内。恍然间，以为身临桃源，不知有汉。

相隔不远，便是深潭口，须坐船前去。《南漳子》云："深潭口，非舟不渡，闻有龙，潭深不可测。"西溪人民风淳朴，自给自足，且不大出远门。而蒋村深潭口却兴赛龙舟，每年的端午节都要举行。据说，那块碑上的"龙舟胜会"四个大字还是乾隆御赐。可见，西溪的百姓在祈求风调雨顺的同时，生性上也是宜静宜动，生龙活虎。

在深潭口，我循迹而去，将一间间黑瓦白墙的老房子摄入镜头，古樟树下，我坐了下来，它用那虬曲的枝干告诉我，这便是古老的西溪。

西溪，一个碧波荡漾、绿意盎然的梦，一个舟横浅滩、芦苇轻扬的梦，一个野趣丛生、曲径通幽的梦，一个不施粉黛、堪比西子的梦。

遥想西湖

　　每次去逛西湖，都会想起宗璞先生的散文来。她在《西湖漫笔》中这样写道："我要说的地方，是多少人说过写过的杭州。六月间，我第四次去到西子湖畔，距第一次来，已经有九年了。这九年间，我竟没有说过西湖一句好话……""奇怪得很，这次却有着迥乎不同的印象。六月，并不是好时候，没有花，没有雪，没有春光，也没有秋意。那几天，有的是满湖烟雨，山光水色，俱是一片迷蒙。西湖，仿佛在半醒半睡，空气中，弥漫着经了雨的栀子花的甜香。记起东坡诗句：'水光潋滟晴方好，山色空蒙雨亦奇。'便想，东坡自是最了解西湖的人，实在应该仔细观赏、领略才是。"

　　宗璞先生是个文人，她以文人独到的眼光去看西湖，自然与众不同。我粗通文墨，想来也有些文化人的秉性，除了感叹之外，竟然也想不出什么好的句子来形容。

　　三十余年前，我懵懵懂懂地来到杭州读书，见到了梦中的西湖，得以领略她四季不同的风景。

　　一个清晨，我与同伴相约去了西子湖畔。当时的交通工具极其简陋，是几辆破旧的自行车。我们迎着清风朝露，朝着西湖鱼贯而行。先是去了湖滨公园，遇见不少晨练的老人，他们悠闲的身影与这秀美的湖光相得益彰。白堤就在附近，远远望去，一条逶迤的长桥玉带般漂浮在水面，树与树辉映，桥与桥相连，竟是如此绝美。没有了雨，白堤少了些神秘，听惯了许仙与白娘子的故事，亲临其境，自会平添一丝淡淡的哀愁。人与景是不同的个体，在某些时候却能情景交融，天上没有鹊桥，硬生生让天下的百姓给想象出来，何况是在历史悠久的西湖呢！

　　作为南宋故都的杭州是不幸的，因为建都于此，令生灵涂炭的战争总是不可避免的，它首当其冲。而若干年后成为历史文化名城，它又是何其有幸，且不说历朝历代，杭州因西湖而美丽，西湖更因为有着丰厚的沉淀而风姿卓越。

　　苏东坡的大名，跟诗有关，西湖的美，又与苏堤有关，苏堤的修筑，成全了东坡的美誉，诗是一纸文墨，而苏堤则是更加有力的证词，后世的百姓传颂着苏公作为杭州太守的高风亮节。因此，当我在知味观有滋有味地品尝着东坡肉的时候，便会很自然地联想起这位峨冠博带的老人。

　　岳王庙就在西湖边上，是不可不看的，与其说是游览，不如说是瞻仰。英雄的奇闻逸事，大多由民间传说。岳武穆气势磅礴的《满江红》，大家耳熟能详，有谁不钦佩他的忠君爱国？可叹的是忠臣常常被奸佞左右，忠与不忠，全在于皇帝一个人说了算，天下二字，是何其渺小。"青山有幸埋忠骨，白铁无辜铸佞臣。"还好，善良的杭州百姓一直铭记着这位民族英雄。

出岳王庙西行几公里便是"曲园风荷"了，是西湖旧十景之一，是个休闲的所在。发完古之幽思，得闲在小桥流水间流连，实在是件很惬意的事。可惜的是游人成群结队而来，惊扰了它的清幽。仔细一想，自己何尝不是这芸芸众生的一员呢？也罢，找一处相对偏僻的所在，静品这秀美的湖光山色。

西湖的美，在于好山好水。水如明镜，是西子的容颜，而偏偏这山却是孤山。有人说孤山不孤，而我却不想从表层去理解它的含义。到孤山来，最好是在梅雪飞扬的冬日，后来我曾无数次地来到这里，踏雪寻梅。赏雪是件美事，可惜我不是才子，当时也无佳人相陪，不然也会吟上几句。孤山说是山，其实是个半岛，和苏堤相连。说是孤山，不光从外观可以想见，更深的原因同人文有关。秋瑾女士的遗骨安葬于此，她的雕像挺拔秀丽，神态安详，她的目光正如这一泓秀丽的湖水，是寂静的。远远望去是"三潭印月"，湖面波澜不惊。山的背坡便是林和靖的墓了，梅妻鹤子的逍遥，令人惊羡。

太子湾可说是一处喜庆的所在了，经常可以看到一对对盛装的新人，漫步在如茵的芳草上，在奇花异葩间流连，引来无数羡慕的目光。谁不希望自己同心爱的人走到一起，见证这人生的幸福时光呢？记得有一次，正值世界花卉博览会，一群同窗好友，走走停停，停停看看，可谓阅花无数，饱览群芳。可惜天下没有不散的宴席，毕业之后，这样的美梦一晃便破碎了。

　　记得那年中秋节在西子湖畔赏月时的情景。在皎洁的月光下，一群初出茅庐的少男少女追随着一位鬓发如霜的老人，沿着湖畔漫步，然后席地而坐，指天说地。老教授年轻的时候因工作关系被分配到了内蒙，直到临近退休时才重回原籍，可以想见，在异乡的日日夜夜里，他是多么思念故乡的月亮呵！这会儿，他的身上洋溢着从未有过的朝气，兴奋得一如年少轻狂的我们。

　　因为年轻，所以美好，经过修葺的西湖焕然一新。多年后的某个夜晚，当我徜徉在西子湖畔，听人群里爆发出一声声喝彩，便探头探脑地挤了进去，只见白堤上架起了数十门礼炮，礼花齐放，发出夺目的光芒，灿烂的夜空姹紫嫣红。

灵隐笔记

一

我始终对佛怀着虔诚。在杭州灵隐，独自穿梭在如蚁的人群中，却左顾右盼，寻找着一千六百多年来存留的印记。

史载，东晋咸和初年（326年），印度高僧慧理由中原云游入浙，至武林（即今杭州）见有一峰耸秀，奇而叹曰："此乃中天竺国灵鹫山一小岭，不知何以飞来？佛在世日，多为仙灵所隐。"咸和三年（328年）峰前建寺，名曰灵隐。我时常在问，这灵隐，果真如慧理所说的那样是仙灵所隐之地吗？一峰飞来，二猿相随，而今，呼猿洞里的光阴已经穿越了千年，而慧理大师的骨殖亦埋葬在光影婆娑的理公塔下。

这里的山洞和沿溪的崖壁上布满了五代至宋、元、明代各个时期的石刻造像，计三百四十五尊。其中有雕刻于五代后周广顺元年（951 年）飞来峰最早的石刻造像"西方三圣"，有雕刻于北宋乾兴元年（1022 年）最为精致的"卢舍那佛"浮雕，有雕刻于南宋时期飞来峰最大的石刻造像"大肚弥勒"。如此众多的佛龛、佛像雕凿其间，会有多少虔诚的信徒与工匠为之付出心血？

在一处狭小的洞窟，我躬身入内，洞穴幽深，光线忽明忽暗，沿着黢黑的岩壁，我小心翼翼地探入这方天地，四处观摩。这里曾有过斧凿之声、烟熏之气以及无数先人凌乱的足迹，置身其间，我仿佛触摸到某种真实，而这样的真实又是那样遥远。明暗之间，一个个佛像若隐若现，或坐或立，或端庄，或侧目，或慈眉善眼，或仪态狰狞。历经时间的洗礼，有些佛像的表面已经风化，石灰岩的粉尘随风散去，留下的是原始的古朴与残缺。

也许，佛教的传承，除了庙宇、典籍、说教之外，绘画与石雕的艺术手法更具有张力。飞来峰造像以元代造像著称，这些佛像或袒胸露肩，或威武奇突。其中准提佛母像尤为精致，龛呈喇嘛塔形，旁有供养天女飞翔，佛母三头八臂，端庄安详，两侧供养质丽虔诚，衣着轻柔，四个金刚威武有力。位于呼猿洞口的造像与刻于元至元二十九年（1292 年）的阿弥陀佛、观音菩萨、大势至菩萨，容相端庄，衣饰富有质感，是元代造像手法，并继承了宋代造像风格。这些对佛像生动传神的雕刻，成为诠释佛教教义的经典。

二

沿着溪涧一路走去，不时观摩着崖壁上的石刻造像，那些大大小小的佛龛依山而建，虽苔迹斑驳，却惟妙惟肖。隔溪相望，只见对面崖壁上有一尊硕大的大肚弥勒，端坐着，一手按着布袋，一手捻着佛珠，袒胸露肚，憨态可掬，还有众多神态不一的小罗汉侍奉左右。这尊大肚弥勒佛像，建于南宋，是飞来峰造像中最大的一尊，也是我国现有最早的大肚弥勒。

有关弥勒佛的由来，有资料载，"弥勒佛原是天竺南部人，姓弥勒，在梵语中是慈和、慈祥的意思；名阿逸多，是无人能胜、无往而不胜的意思。弥勒出身于南天竺婆罗门家庭。佛经上说，弥勒是仅次于释迦牟尼佛位尊的、处于续补地位的佛，在华林园的龙华树下继承释迦牟尼成佛。广传佛法，称为'未来佛'"。按理说弥勒佛是印度僧人"头戴五福冠，身披袈裟，面容端正，立身合十"的模样，而灵隐的这尊大肚弥勒佛像，却是以宋代高僧契此和尚（民间又称布袋和尚）的形象塑造的。

因为对佛教的信奉与布施，远足的印度高僧慧理在此找到了弘扬佛法的理想所在；同样，因为信仰，江浙一带的百姓将布袋和尚供奉为弥勒佛的化身。

"峰峦或再有飞来，坐山门老等；泉水已渐生暖意，放笑脸相迎"，我从远处观瞻，看他笑口常开、欢天喜地的样子，便是视觉与心灵上的一大享受。

三

过冷泉，在冷泉亭旁逗留，我径直步入灵隐寺的山门，云林漠漠，一堵红墙阻隔了尘世，佛之世界近在眼前。天王殿前，有香炉鼎盛，焚香缭绕，无数善男信女们双手合十，朝着四方顶礼膜拜。这样的仪式，隐隐透着庄严。

自东晋咸和三年（328年），印度高僧慧理开山建寺，南朝梁武帝赐田扩建，唐大历六年（771年）全面修葺，至唐末"会昌法难"，灵隐遭受池鱼之灾，寺毁僧散。直至五代吴越王钱镠时期，永明延寿大师重兴开拓，鼎盛时期曾有"九楼、十八阁、七十二殿堂，僧房一千三百间，僧众多达三千余人"。清顺治年间，禅宗具德和尚住持灵隐，广修殿堂。清康熙二十八年（1689年），康熙南巡，赐名"云林禅寺"。至今历时一千六百多年，灵隐寺高僧云集，成为东南一带最为著名的佛寺。

灵隐寺宏大的殿宇依山而建，天王殿、大雄宝殿、药师殿、藏经楼直至华严殿，五进殿堂，直抵半山腰。寺内设观音殿、济公殿、方丈楼、客堂、五百罗汉堂等数十处殿堂楼阁。远处，青山与天际相连，蔚为辽阔；近处，香客们摩肩接踵，行走在殿宇之间；重檐之下，有青烟袅袅，磬音回荡。大雄宝殿内，居中有一尊24.8米高的木雕坐像，佛祖释迦牟尼在莲花台上结跏趺坐，庄严肃穆。顷刻间使我感觉到自己的渺小，佛离我们很近，佛又离我们很远。苏东坡有诗云："溪山处处皆可庐，最爱灵隐飞来孤；乔松百丈苍髯须，扰扰下笑柳与蒲。"身在佛光焚影里的我，如何在瞬间抛弃一切世俗的杂念，体会这难得的禅诗意境？

　　历朝历代，灵隐寺内不乏高僧辩才，如博才多艺的五代画僧贯休，以其"十六罗汉画"而名闻遐迩；"初唐四杰"之一的骆宾王据说在扬州兵败后隐居于此；南宋有位个性率真的普济和尚，法名济公，平日里云游四方，广结善缘；近代有弘一法师李叔同看破红尘，皈依佛门。一如贯休诗云："赤旆檀塔六七级，白菡萏花三四枝。禅客相逢只弹指，此心能有几人知？"禅的真谛，便是在这漠漠的云林里出世入世，真切地感悟人生吧。

天堂，时间之上

一

清明前夕，西湖边柳条依依，梨花朵朵。断桥上挤满了踏青的游人，木质的游船，或在长堤岸边流连，或在烟波浩渺的湖间穿梭，鸟啭花间，春风醉人。时间仿佛又回到了南宋。

西湖的风景，其实与往日并无二致，只是建立在时间之上的苏白二堤、杨公堤以及南北山路上的车流人迹，随着季节的变换，纷纷披上彩色的外衣。显而易见，作为旁观者，用冷眼打量一下西湖，或以内心揣摩西湖周遭的景致，会随着时间的推移，移步换景，呈现出迥异的性情。

我从三台山的六通宾馆沿路而下，途经慧因高丽寺。该寺建于五代后唐天成二年（927 年），为吴越国王钱镠所建，是朝鲜、韩国佛教华严宗的祖庭。驻足观望，只见明黄的寺壁在绿树掩映间，若隐若现。寺庙布局精致，格调华丽，离尘脱俗，少有人间的烟火气。寺边有一处放生的池塘，斑斓的鱼儿在水波中光怪陆离，色彩摇曳。

沿寺旁的小径抵达三台山下，去寻访明朝一代忠臣于谦（1398—1457 年）的祠堂，见修竹若干，环绕在粉白的墙面和雕花的窗棂，朱漆大门上肃穆的牌匾并未给人造成任何心理压力，相反，祠堂的冷清倒给我提供了独自思考的自在。前殿"百世一人"的牌匾高悬，殿门两侧的楹联是林则徐所撰："公论久而后定，何处更得此人。"殿内正中有一石灰岩造型镌刻序言，"粉身碎骨全不怕，要留清白在人间"。《石灰吟》是于谦的杰作，也为于谦的所作所为提供了值得借鉴的注脚。两侧墙上陈列着于谦的年表、世系表，于谦夫妇的图像绘于清代，有着泛黄的陈色。正殿内设于谦全身立像，上悬乾隆御赐金匾"丹心抗节"，墙体的浮雕壁画描绘了土木堡之变与北京保卫战时的场景，便有了些久远的凝重与历史沧桑感。于谦与岳飞、张苍水并称"西湖三杰"，可见，作为三杰之中唯一的钱塘（今杭州）人，当地百姓对他的重视与激赏。从少年时的发奋苦读到为官时的两袖清风，从北京保卫战的临危受命到明英宗复辟后的身首异处，于谦，清史留名。

二

我欣赏于谦的决断与执着，却并未因此而忽略历史的真相。其实，于谦成了封建王朝政治的牺牲品，他在北京保卫战上的所作所为，是悲壮的。土木堡之变，明英宗被瓦剌军俘获，他力排南迁之议，坚请固守，"也先（兵临城下）挟英宗逼和，他以社稷为重君为轻，不许"。社稷，即天子治下的江山、百姓。此刻，内忧外患，一边是衰败不堪的明王朝，一边是如狼似虎的强敌，当他对生死有决定权时，不求自保，就连天子的性命都选择舍弃，而救百姓于水火，是何等的坦荡胸襟？"也先以无隙可乘，被迫释放英宗"，可见，明英宗的回归，实际上同于谦的坚决抵抗有关，而非因为议和。明英宗复辟后，于谦被杀，籍没时家无余资。"成化初，复官赐祭，弘治二年(1489 年)谥肃愍。万历中，改谥忠肃。"

　　不管封建统治者对他如何褒贬，于谦的事迹已经得到了天下百姓的认同，就连于谦祠建立初期发掘的一口古井，都被用来命名为"忠泉"。值得一提的是，可能是因为于谦祠的地理位置相对比较偏僻，也可能是因为西湖边的景致实在太多，到这里来的游人并不多，而一墙之隔的碑堂、墓园更是青石斑斑，人迹罕至。行人的稀少，使得《石灰吟》的作者并成功取得北京保卫战胜利的功臣于谦的墓地异常冷清，却不失庄严。

　　离开于谦祠，我在乌龟潭附近转了一圈，隔岸可远眺武状元坊，不经意间又来到了"三台梦迹"。这一路上，湖光山色宜人，草木花卉郁葱，更兼有棚廊草亭可以小憩，便有些醉意。山间的梨花开了，漫天飞舞，摄影师不厌其烦地将一对对准新郎新娘推上舞台，在现场摆弄成古典或者现代的造型。云水之间，闪光灯在不停闪烁，时间停滞，凝固成正面、侧面的显影，而山水是最好的舞台，包容下所有对美好事物的憧憬。在时间面前，怀古与凭吊的足迹被不断更新，休闲与娱乐被贴上时尚的标签。而我，独自走在路上，或出没于某条小径，走得累了，便找一处干净的廊椅歇脚，比如雪舫，回味"平沙落雁在此处，芦花渔舟两相安"的意境。

三

一路走去，时间在不经意间悄然流逝，而我，已经迷失在时光深处。白堤之上，人来人往，那是大诗人白居易的西湖吗？他在杭州任刺史时所筑的白沙堤，如今已无迹可寻。杭州的百姓是善意的，即使是后世修筑的白堤，都成为一份永久的纪念，铭记下一千多年前的往事。唐穆宗长庆二年（822年），白居易被皇帝的一纸圣旨调任到了杭州，成为这一方水土的父母官，他筑堤保湖，兴修水利，使西湖的名字变得更加响亮；他的《钱塘湖春行》，脍炙人口。"孤山寺北贾亭西，水面初平云脚低。几处早莺争暖树，谁家新燕啄春泥。乱花渐欲迷人眼，浅草才能没马蹄。最爱湖东行不足，绿杨阴里白沙堤。"

此时的白堤，就像是一条逶迤的长蛇，蔓延开去，一望无际。风中的柳条，在湖面荡漾，迷了眼，醉了心，有谁不爱这人间的西湖？断桥是白堤的起点，因为那一段凄美的爱情故事，变得凄迷。而雷峰塔，是断桥的另一个版本，是用来解读许仙与白娘子爱情结局的经典之作。若干年前，它的轰然倒塌，是时间的另一番隐喻。

漫步在梨花盛开的路上，雷峰塔近在眼前。在西湖南岸夕照山上的雷峰塔原为吴越国王钱俶之妃黄氏因奉藏佛螺髻发及佛经而建，初名"黄妃塔"，后人改称"雷峰塔"。旧塔原为砖木结构阁式塔，八面七层，塔以砖石为芯，外有木构檐廊，重檐飞栋，窗户洞达。此塔筹建于北宋开宝五年（972年）之前，竣工在太平兴国二年（977年），屡经兴废，已于1924年倒塌。时近黄昏，天色尚好，雷峰塔沐浴在天光云影里。行人不多，寂静的山林，保持着应有的古朴。拾级而上，只见台基四周围有汉白玉雕的石栏杆，五面八层的钢架结构，现代的装饰，富丽堂皇，据说是沿袭了宋塔惯有的造型。

四

很多人去雷峰塔，都与白娘子有关。许仙与白娘子的传说，原本虚构，却口口相传，声名远扬。传说中的版本最早见于明代的《清平山堂话本》，成为戏曲，并在冯梦龙的《警世通言》中被命名为《白娘子永镇雷峰塔》，流传下来。大凡传说，都附丽于一些迷人的故事，白娘子或妖或仙，是民间的杜撰，而古代的戏曲家们决不仅限于此，他们试图通过舞台的张力，以戏曲的形式将故事的传奇推向高潮。冯梦龙版的白蛇故事当时已成雏形，故事将一切的罪过，归结于白娘子妖的身份与色诱，却忽略了白娘子与许仙彼此两情相悦的爱情真相。这样的想法是恶毒的，法海将白娘子永镇于雷峰塔下，是置人伦于不顾的一厢情愿。民间的百姓却将故事演绎得风生水起，如白娘子盗灵芝仙草、水漫金山、许仙之子士麟祭塔、法海遂遁身蟹腹以逃死等情节，无不体现了民间草根的良好意愿。而北宋时期的雷峰塔，已经失去了原先的含义，成为一个表达凄婉爱情的象征性符号，为杭州乃至天下的百姓所接纳。

　　千年之后，在旧址上新建的雷峰塔已经丧失"保俶如美人，雷峰似老衲"的古意（保俶塔在西湖对面宝石山上），在底层，只留下塔基部分那些残留的塔砖与黄土。明暗之间，时间已成过去，当我乘着电梯登临塔顶，时间显现出它的另一面。雷峰塔的黄昏已经降临，天空的霞光将夕阳隐没，云彩焕发出潮红，倒映在水面，墨绿的青山，青葱的长堤，以及辽阔的西湖全景，成为一幅泼墨的长卷，进入观望者的视野。

叁

风行雁荡

风行雁荡

雁荡山在温州乐清境内，素有"海上名山""寰中绝胜"之美誉，史称"东南第一山"。明代的旅行家徐霞客在日记中写道："望雁山诸峰，芙蓉插天，片片扑人眉宇。"

雁山奇秀，雁水清幽，大小瀑布不下百处，最有名的当数大龙湫、小龙湫和三折瀑。少时，学校组织去雁山秋游，一般夜宿在响岭头，次日步行去大龙湫。这一路上，孩子们自然铆足了劲，寻胜探幽，遇见那些不知名的奇花异草，自然要停下脚步。溪水甘洌，清澈见底，溪中常有鱼虾、石蟹出没，深潭里则有蝾螈等珍稀的两栖动物。

雁荡山是白垩纪流纹质古火山，沿途山峰陡峭，处处可见奇峰异石，芙蓉峰、千佛岩、剪刀峰……自谷口入内，旁有锦溪；循溪左行，有千仞绝壁，大小峰岭，层峦叠嶂，如无数佛陀现身，即为千佛岩；剪刀峰位于连云嶂口锦溪的右侧，一峰耸立，上分为二，像蟹螯，又好似剪刀，古有"植圭""卷旗""玉柱""一帆"之名，如今看去又像孔雀、啄木鸟了。清代文人戴名世写道："大抵雁荡诸峰，巧通造化，移步换形，其名字因象取义尚多有之；而路穷径塞，蒙翳于荆榛荒草之中，其奇未出于人间者亦不少也。"

大凡瀑布都会深藏幽谷，去的时候，若雨水充沛，便会瀑雨如注。大龙湫瀑布自一百九十多米的连云嶂崖顶，如一条银龙贴着峭壁跌落，大珠小珠四处飞溅，扑入深潭。雨后初晴，若有阳光折射，便会化作一道彩虹。潭水凝碧，近处清澈见底，可撑着竹筏在雨雾迷蒙的潭中穿梭。清人袁枚曾赋诗曰："龙湫山高势绝天，一线瀑走兜罗绵。五丈以上尚是水，十丈以下全为烟。况复百丈至千丈，水云烟雾难分焉。"风景这般独好，人文也不逊色。相传唐初，西域僧人诺讵罗进山建塔造寺，便是在大龙湫观瀑坐化的，弟子们在潭左的高阜上建宴坐亭，以示纪念。

至今，我仍对在灵岩景区内看到的一幕场景记忆犹新，那就是"雁山飞渡"，一场以大自然为背景的杂技表演。

先说横渡。表演者通常是一个人或两个人，在高空行走。天气晴好的日子，表演者会爬上天柱峰与展旗峰的峰顶，在相隔两百米的两峰之间的钢索上，做翻跟斗或展翅的动作，其难度之高令人咋舌。

再说垂直飞渡。表演前，我们在溪涧旁的平地上，抬头看天。表演者已经直达天柱峰顶，一个红色的小点出现了，就在悬崖边上，乐音响起，纵身一跃，坠落，坠落，一只飞鸟扑棱着翅膀坠落。而他，腰间紧扣的只是一条绳索，头朝下，倒悬，或在九十度直角的崖壁上跳跃，弯膝曲腿，分明像一只啄木鸟，崖壁成了木桩。加速下坠，突然翻了个身，我们不禁被惊出冷汗，尖叫声起伏。时间一分一秒地过去，他却轻巧地双脚踩着崖壁，一步一步，飞身下崖。两百多米的距离，用了不足十钟，安然着地。

依托雁山之险，"雁山飞渡"反衬出古时采药人的淡定与神勇。

游罢大龙湫，可去三折瀑。此瀑以奇异取胜，顾名思义，一瀑三折。记得二十多年前的同窗小聚，夜宿雁山宾馆，次日早起，同游三折瀑。瀑从天上来，跌落到人间。造物主生生地将三折瀑深藏起来，就连两次来雁山考察地理的旅行家徐霞客也未曾察觉。

我们循着小径上山，在危岩之壁，探入一处洞穴。在半圆形的洞穴里，抬头可见苍穹，只见有一线飞瀑自天光中倾泻，峭壁突兀，撞击之声不绝于耳，令人眼花缭乱。据说，此处是冷却后的火山口，洞内清凉，恍若隔世。下折瀑，则在最下面的山谷，三面环山，人在谷中，仰视苍穹，成一"葫芦天"

的景观，瀑水从山崖跌落，银珠四溅，色彩绚丽，将自己想象成在谷中修炼的侠者也未尝不可。

大凡到雁荡山的人，大多喜欢就近去游灵峰。灵峰是雁荡山的东大门，与灵岩、大龙湫并称"雁荡三绝"，有一峰二洞。一峰是合掌峰，二洞是观音洞与北斗洞。灵峰观景，早晚时分我都去过。

观音洞始建于1106年，已有近千年的历史，一直以来，是善男信女求签拜佛的好去处。在梅岭西麓，这个天然的石室藏于合掌峰之间，像是佛祖掌心里的一颗明珠，用于供奉观音。从山脚往上，依岩建九层大殿，要经历四百零三级台阶才能到达顶层，独一无二的山势，使观音洞多了些许神秘。

我气喘未定，从一级一级的台阶往上攀登，便对自然生出敬畏。到达顶层，豁然开朗，可远眺青山。洞顶有泉水三处，曰洗心、漱玉、石釜。中开一小罅，宽尺余，长三四丈，有一线天光泻下，曰"一线天"。我曾多次陪母亲到此，她告诉我，在观音洞的第七层，往朝外的崖壁上观看，左手一侧可见"一指观音"，当中可见侧面"观音像"，右手面可见"地藏王像"。尽管只是民间信仰的一种想象，但我喜欢这样的想象，人与自然之间必然保持着某种神秘的联系。

关于雁山，原本我有许多记忆的花絮，记录的只是些零星的碎片。喜欢雁山的原因有许多，比如山的奇秀、水的清幽、洞的空灵，更重要的是从小就亲近它。

　　清代施元孚《荡山志》载："高四十里，深六十里，顶上有湖，方可十里。雁荡山皆石，而湖独有泥，葑草芦荻生焉，时为雁所栖宿，故曰雁荡。"试想，当秋日来临，雁湖岗上芦苇茂密，草木瑟瑟，一只只秋雁从天而降，在山顶雁湖的芦苇荡里宿鸣，是何等惬意与舒心！风行雁荡，冥想一次诗意的来临。

南阁：凤凰山下的隐逸之乡

一

南阁是个美丽的乡村，位于风景秀丽的雁荡山北麓，是显胜门的入口处，更重要的是，它是明代诤臣章纶的故里。南阁是章氏族群的聚居地，是个千年古村落，它的历史可上溯到后晋天福年间（936—942 年）。相传南唐靖边指挥使的次子章贲，官任括苍提举。有一天他从温州永嘉出发，沿着括苍山脉一路走来，来到雁荡山。他登上了雁湖岗，看到了山巅上百亩大小的雁湖，水面浩渺，湖面上芦苇丛在秋风里飒飒作响，举头远望，秋雁高飞。章贲惊叹不已，说此乃天然美池也。他继续往东行，过了百岗尖，走到一处山谷中，只见南面的一座山峰如凤凰展翅，北面的山峰如狮似虎，一条清澈的溪流从西向东蜿蜒而过，真是一块风水宝地。不久，章贲卸任，便带着一家老小在此定居，这里便是南阁。

　　南阁因为这个传说而美丽，不仅如此，更因为这里出了一位贤者，他叫章纶。章纶公在南阁简直成了圣人，南阁村的村民们对他顶礼膜拜，世代传颂。在某种意义上，一段历史成就了一个村庄的辉煌。

　　五百年多前，书生章纶从这个偏僻的山村走了出来，来到了府治温州求学，并且得到了名师的指点，而后参加了科举，金榜题名。进士章纶成为了一个偶像级的人物而被乡邻们记住，成为楷模。

二

　　走进南阁，首先吸引我的是一条卵石铺成花边图案的中直街和一座座显赫的牌楼，从村口一路往里走，依次有五座牌楼，成一直线排列，由北向南，通往凤凰山下。牌楼的大红匾上用金字楷书写着："世进士"（1544 年）、"恩光"（1506—1521 年）、"方伯"（1465 年）、"尚书"（1488—1493 年）、"会魁"（1439 年）。这里的牌楼原有七座，现存五座，建于明正统四年（1439 年）至嘉靖二十三年（1544 年），是为表彰章纶及其后人的功绩而建。

　　章纶其人，在《明史》上有着一页记载："章纶，字大经，乐清县人，正统四年进士。授南京礼部主事，景泰初召为仪制郎中。景泰五年五月，监察御史钟同上疏请复储，越二日，纶亦抗疏陈修德弭灾十四事。疏入，帝大怒，立执纶及钟同下诏狱，榜掠惨酷，逼引主使及交通南宫状。濒死无一语，命锢之。明年，大理少卿廖庄又上疏言复储，传旨杖廖庄于阙下，纶、同各杖一百，同竟死。天顺元年，英宗复位，始释出，赠礼部尚书，谥'恭毅'。"

其实，章纶卷入了一场极其残酷的宫廷斗争，史称"夺门之变"。一方是已经当上皇帝的景泰帝朱祁钰，另一方则是遭遇土木堡之变后生还的前皇帝明英宗朱祁镇。为了争取皇位，兄弟俩之间进行了你死我活的对抗，而弱势的一方朱祁镇则被囚禁在南宫，等待着宿命的安排。就在满朝文武噤若寒蝉的时候，章纶勇敢地站了出来，直言上奏了"修德弭灾十四事"，要求景泰帝归还前皇帝太子的储位。他用自己的实际行动支持了弱者朱祁镇，就这样，触犯了龙颜，被下诏狱，并且受到了非人的折磨与酷刑。御史钟同死了，可是，他却坚强地活了下来，并且，在被囚禁了两年七个月之后，迎来了胜利的一天。

章纶出狱后，在天顺元年（1457年）被提升为礼部侍郎。但在第二年，又遭人排挤，被调出了京城。在南京为官的十八年里，他竟一直没有得到升迁。章纶不得升迁的原因可能与他的个性有关，他"性亢直，不能偕俗"，"好直言，不为当事者所喜"，可见，在当时的政治舞台上，章纶是个难能可贵的诤臣，却难以找到属于自己的真正位置，这不能不说是一种悲哀。

三

明成化十二年（1476 年）章纶辞官，回到了他阔别已久的故乡——南阁，回到了这片真正属于他的土地。蓦然回首，他才发觉，原来一切的努力都是徒劳，没有了政治的纷争，没有了失意的困扰，此刻，他才真正找回了自己。

五百多年的沧桑与荣耀，分明刻在那些古迹斑驳的牌楼之上，章纶的很多子孙也走上了仕途。他的那些朴实的乡邻，依旧散落在村子的各个角落，忙碌着，享受着山里人自给自足的生活。偶尔，他们也会聚集在牌楼下，听村里的老人们谈论着他们的祖先，谈论着章纶公的丰功伟绩。

当我踩着那些光滑坚硬的卵石，走在这条牌楼街上，竟心生迷茫，章纶与他的故事，是那样遥不可及。街道两旁是参差的水泥楼房、石板屋，还有几间用溪石垒成的老房子。杂货铺的生意有些萧条，门前的条桌上摆放着彩绘的陶瓷、斗笠以及扫帚等日常用品，老式的理发店里坐着一位顾客，一幢仿古的建筑正在营造，更多的屋子上了门板，无人居住；一位老阿婆靠在牌楼下的长条椅上打着瞌睡，几个孩子在街面上奔跑；破旧的大会堂口，几位老者坐在台阶上，轻声地说着什么；更多的是我们这样的外来者，用镜头拍下那些永恒的瞬间，珍藏起眼前的这个世界，而时光就这样悄悄溜走，不着痕迹。

四

在村民的指引下，我们走到了街道的尽头，却又豁然开朗。这里，有着一条条四通八达的小径，巷子深处，有着更多保存完好的石屋。在弄堂口，一个可爱的孩子裸露着上身，来回奔跑，与一只小狗尽情嬉闹，小狗则摇头摆尾，不时发出一两声低低的呜咽。墨绿的青苔攀爬在石屋的围墙上，墙头上长着零乱的杂草，几根丝瓜在嫩黄的小花间探头探脑。

沿着小巷我们循迹而去，没走多远，便发觉了一处古迹。那就是章纶的尚书第。尚书第的台门只留下一道颓垣残壁，残壁的背后是一幢新建的民居。而尚书第低矮古朴，瓦砾四散。

尚书第坐南朝北，背靠凤凰山，是章纶晚年的居所。年逾花甲的章纶辞官还乡之后，筑居于此。章纶的一生，正如与他有着相似遭遇的明代文学家杨慎（1488—1559年）在《临江仙》里所写的那样："滚滚长江东逝水，浪花淘尽英雄。是非成败转头空。青山依旧在，几度夕阳红。白发渔樵江渚上，惯看秋月春风。一壶浊酒喜相逢。古今多少事，都付笑谈中。"晚年的章纶选择了立祠办学、筑藏书楼来完成夙愿。而今，被成化皇帝赐额的笃忠堂及章纶苦心经营的藏书楼俱已毁坏，荡然无存。

走进尚书第台门，竟有些寒酸之感，原先三进三出的四合院，如今只剩下两进，看上去如同一个普普通通的农家小院，风吹雨打，无遮无拦。大井里铺着光洁的卵石，野草从土里钻了出来，一只黑花的小鸡在地里觅食。走过天井，只见正屋的仪门上方刻着白底黑字的草书"云山分翠"。

　　走进仪门，便是正屋了，正屋的廊柱已经风化，而屋顶的黑瓦也是破旧不堪，几有摇摇欲坠之感。廊檐下堆着柴，还摆放着一只青石臼，此刻的尚书第已是书香难觅，雅迹难寻。

　　院落里的一切都呈现出年代久远的灰色，而墙头的一丛翠绿引起了我的注意，那是一丛植于盆中的剑兰，透着勃勃的生机，而我终将记住章纶的名字，这位凤凰山下剑气如兰的南阁先贤。

雁湖之旅

很久没有这样舒畅的日子了，雨后初霁、晴空万里的初春，寒冷即将过去，桃李争春，万物苏醒，鸟鸣山涧，千回百转。大山深处的时光流得缓慢，从潺潺的溪涧一路走来，她就像只燕子，不停地跳跃着，玫红色的身影，映照在溪流上、竹林间，那些低矮的老屋，就这样静静地伫立了百年，甚至更久。就地取材的溪石、瓦砾、窗棂，都是一道道最美的风景。她摘下脖子上的单反相机，轻轻一按，便瞬间定格了下来。

一条黄狗不知从何处蹿了出来，在不远处，朝着她使劲狂吠，她下意识地准备避让，或许因为有些心虚，小腿有些打颤。她不敢与之对视，想喊出声来，却又有些害怕它有进一步的行动。又一条黄狗悄无声息地出现，打量着这个不速之客。其实她并不惧怕这些小动物，她从小就被寄养在乡下外婆家里，天性乐观开朗，又有些顽皮任性，童年的经历，是深埋在记忆里的一丝丝甜蜜。

就在相机对准老屋的刹那，她对那些雕花的窗棂产生了浓浓的兴趣，于是，轻轻地抚摸了一下。就在一声声咔嚓声里，可能是碰到了什么东西，黄狗从隐藏的地方突然蹿了出来。

虽然知道这里人烟稀少，没有遇见任何一个山里人，但仿佛有一股神秘的气息，召唤着她不辞辛苦，沿着羊肠小道，一步一步地来到这里。大山里的峰峦、溪流、竹林、茶场与村落，是那样险峻、欢快、清幽、闲适，完全是另一个幽深的世界。

她的手指微微有些颤抖，仿佛自己已经冒犯了这里的主人。黄狗的敌意并未消散，但也没有进一步的行动，在它们的眼里，或许她构不成威胁，狂吠只不过是偶尔的激动与虚张声势。在这个人烟稀少的村落，黄狗们大概是太希望嬉戏了吧。

她心神落定，打量着眼前有惊无险的村落，放开胆子，用镜头对着黄狗，使劲按下了快门，咔嚓一声，大功告成。就在这时，黄狗的主人也从屋里摸索着走了出来，一个老奶奶，背微驼，嘴有些瘪，发音含混不清，说了句她听不太懂的方言。她连忙靠近，随手扶了一下老奶奶，"阿婆，您好"。她的声音很甜，像这山谷里的鸟鸣般清脆。老奶奶用昏花的老眼打量着眼前这位陌生的姑娘，缓缓地挪动了一下脚步，坐在靠门的一张矮椅上。

她松开手，拿出事先准备好的地图，翻看了一下，说道："阿婆，这里是石门吗？听说山顶上有一个雁湖，是从这儿上去吗？"老奶奶可能不太懂普通话，但大致意思能听个明白，用她稍能听懂的方言回了一句："这里是石门村。"她开心地笑了。这里的山路一直通往石门瀑布，再从石门瀑布的上方一直往上，就有一条通往雁湖的路。雁湖是大山之上一处绝佳的风景，但她从未来过。大山因雁湖而得名，千百年来，游人络绎不绝。

"阿婆，雁湖是从这条路上去吗？"她指着门前不远处的一座小石桥问。微拱的石桥苔绿斑斑，通往的是一条隐秘的林间小径，清风将竹林吹得簌簌作响，仿佛林间隐匿着居士，奏鸣着铿锵的曲调。贴着老奶奶的脸，她用近似于当地方言的言语大声重复了一遍刚才的疑问。老奶奶动了动干瘪的嘴角，散漫的目光顺着她的手指，落在了门前溪涧上方的石桥上，若有所思地点了点头："这条路去雁湖，很少有人走的，只有林场的老黄一家住在山上。山上有个国家的茶场，快到清明了，这两天茶场的人可采茶叶了。这里的茶叶很新鲜的，比别的地方都要嫩。"老奶奶的呢喃，仿佛是给了一个圆满的答案。

她迫不及待，很想马上往山上走，又生怕辜负了老奶奶的好意，便拉了张藤椅坐了下来。老奶奶的脸上绽出了笑容，拉着她的手，问这问那："姑娘，你一个人来的？""嗯。""来，喝口水。"说完，便要起身，进里屋给她倒水。她连忙拉住老奶奶的手："不了，阿婆，不用客气的。""这里的山水甜，又解渴。"老奶奶执意要给她倒水，她只好陪着老奶奶跨过门槛，堂屋的光线忽明忽暗，墙上贴着一张旧时的年画，角落里有个破旧的灶台，但一尘不染。老奶奶从缸里舀了一瓢清水，递了过来。她清了清嗓子，一口咽了下去，凉意沁人心脾，五脏六腑都舒坦开来。

她拉开背包，掏出喝了半瓶的矿泉水，灌满，跟老奶奶道了声谢。辞别了老奶奶，跨过小石桥，她步入了一条荒芜的小径。一路上，乡野的空气有股青草的味道，清新自然，呵出的气也是一圈圈白雾。小径上散布着一粒粒细小的羊粪，她小心避开，生怕弄脏了脚上这双新买的登山鞋。

她的裤腿、鞋跟上还是沾了不少青草、泥巴甚至羊粪，这一路走来，寻觅到一处狭小的洞开的石门，一处水珠四溅的飞瀑，两间只剩断垣残壁的老屋，在芳草萋萋的泥泞中渐行渐远。

山中自有一番天地，草木是新鲜的，空气是新鲜的，就连羊粪都有着新鲜的热度，她流连在山野里，就像是一只迷途的羔羊找到了家园。但在不久之后，她却真正成为了那只迷途的羔羊。原先的小径突然消失无踪，草木之间，隐晦曲折，荆棘丛生。

在这叫天不应叫地不灵的山野，她开始有些不知所措，就像一只被困在林地里的小兽，孤独如潮水般涌来。新鲜、刺激，对她来说，已经发生了微妙的变化，想走回头路，却有些不甘，何况回程也要寻寻觅觅。咬咬牙，还是往上爬吧，就是连滚带爬，总会爬上山的。密布的荆棘钩住了背包，刺疼了脸，这些都不算什么。大山里并没有什么可怕的野兽，这倒令她心安。越往上走，山风钻进衣领，脖子冰凉。这鬼天气，明明昨日春意盎然，今日却骤降到5℃。杜鹃还未绽放，低矮的灌木使她分身无术，只能见缝就插身而入。她开始后悔独自上路，由着性子从北麓上山。

她只能咽下苦涩，在一小块开阔的岩石上，掀起头帕，理了理乱发，继续上路。路很长，一侧是一眼望不到边的悬崖，一侧是植被茂密的山坡。还好有惊无险，只不过在树丛里又跌了一跤，崴了下脚。一点小伤，并无大碍。

她想飞，当她站在悬崖之上，就有一股飞翔的欲望。山风扑面而来，玫红色的凯乐石冲锋衣被山风吹得鼓鼓的，在江南水乡乌镇买的蓝印花布头帕早已不知去向，攀登时的汗味已经消散，身上的每一个毛孔都一张一合。鹅脂似的脸颊冰凉如水，细密乌黑的秀发迎风飞舞，如无数双手触摸着耳畔。她张开双臂，朝着瑰丽的日光，那一点一点扩展的残红，尽情地释放着。她早已铆足了劲，想放声呼喊，但微弱的声音被风带走，消失在空旷的山野。山巅上仅有的几棵松树，松针芒在落阳的映照下熠熠生辉，摇曳着，散落一地的枯枝败叶已经腐烂，滋养着大地。一小块黑石的一角上结着冰凌，发出一道夺目的光芒。杜鹃花还未开放，那些低矮的灌木，在向阳的山坡上忍耐着，等待生命绽放的那个短暂时刻。再过一个月，这片山野的杜鹃花就要开了，阳春三月，山巅上的寒意依旧很浓。

寻芳丹芳岭

　　小说家苏羊发愿建一所类似于民国民间教育机构的书院，"沿袭传统书院建制，秉承民国时期乡村教育精神，提倡'教学做合一'，让孩子们在劳动中学习，学习中劳动，创造现实条件，令他们能于风景优美的大自然中快乐、健康地成长，成为对社会真正有用的人"。苏羊的"理想国"能仁书院在乐清雁荡山能仁村。

　　距上次苏羊来温岭阁楼读书会已近半月，我与黄先生相约去走访能仁书院，临行前通知实验学校的郭永军。郭老师很是有心，恰巧又在当日的微博上看到一条发自苏羊的帖子，大意是要众筹一个小型图书馆，需要帮助，他在第一时间发动七（五）班的孩子们捐赠图书，共得四十七本，要我带上。

　　2013年3月22日，我们驱车前往，因去年三月到过能仁村，故驾轻就熟，未与苏羊联络。途中山谷里的桃花、油菜花开了，遍野烂漫，煞是好看。来到能仁村能仁寺旁问路，恰好在通往半山房的路上偶遇书院的邓涛老师和三个孩子，并且加入了他们去丹芳岭的远足之行。

邓老师是个随和的中年人，身上背着个竹篓，就像一个淳朴的山里人。当得知我们的来意，并带了一大捆书时，孩子们都很兴奋。邓老师让三个孩子先行下山，顺便陪我们去了半山房。半山房就建在杨树坑山腰拐角处（在能仁村口、能仁寺旁有个很明显的路标指向能仁茶社，上行约一公里），在溪流的对岸，有一座木桥相连，青山绿水，独门独户。这里是部分老师和学生居住与活动的场所。因时间有限，我们只能匆匆观览了底层。进入门厅，两侧是用黄砖砌成的简单书墙，摆满了苏羊母女等人的藏书。中间长条桌上铺着蓝印花布，摆放着笔砚和一沓诗集。一侧的墙上挂着蓑衣、斗篷和一对绣鞋，底下摆着新采的油菜花，很写意。一些孩子的涂鸦作品悬挂在靠近二楼木扶梯的拐角处，看上去简约自然，透着书香。邓老师出示了客栈掌柜阿婕的名片，每张都不同，是她随手涂抹的水粉画，透着山野的灵动（我曾在苏羊的博客上见过阿婕为客栈绣的古色古香的被面）。邓老师邀我们上楼参观，我生怕山下的孩子们久等，便与正在厨房里忙碌的阿婕打了个招呼，下山去了。

返回能仁村口，我们见到了苏羊，她刚从集市上回来，带来了准备野餐用的一应物品。苏羊衣着得体，有着知性女子的干练。在创建书院之前，苏羊与她妹妹苏迪一起在上海经营一家图书工作室。小说家苏羊的日子曾被描述得富有诗意，那期题为《我的山居生活》的阁楼读书会是这样介绍的："苏羊，曾在京华客居十年后又流寓沪上，恋慕江湖山薮之美，结庐雁荡山能仁村办客栈和书院，著有香格里拉支教随笔《在藏地》等。苏羊说，当一个人开始做一件过去从来没有做过的事情时，奇迹便纷拥而来。"苏羊长年离开老家乐清，做图书、玩古琴、支教、写小说随笔。在书院创办初期，苏羊和女儿刚刚结束了环青海湖三百六十公里的骑行之旅。

能仁村有个能仁寺，能仁寺前有条燕尾瀑，这是我第三次见到燕尾瀑（昨夜，当我跟小女提起那次有趣的郊游，她对童年的经历记忆犹新）。苏羊指着能仁寺旁山坡上的一所老屋说，这也是书院的其中一处，正在修整。那些老屋分散在山野四处，原先都很破旧，有的已人去楼空，成为废墟，却被苏羊和朋友租下，修建书院、客栈和教育活动场所。

我们一行十人沿着能仁寺旁的小径朝山中走，能仁寺旁左为筋竹涧，右为丹芳岭古道。前几日，来访的厦门老诗人威格对筋竹涧曾有过生动描写："再转了个弯，涧溪汇集成一湾偌大的潭，碧蓝青翠，想必是蓝孔雀在这儿洗过衣裙，把一潭涧水都染了。"起先是平坦的水泥路，后来便是凹凸不平的石头路了，我们在逶迤陡峭的山路拾级而上，盘旋而下。邓老师说，这条路传说是南宋王十朋进京赶考时走过的山路，有四十九道弯，是条古道，人烟稀少。说这话时，苏羊、蹦蹦、威威和芯仪已经走在了我们前头。对了，还有一条可爱的小狗积木（邓老师后来告诉我，积木一岁多，是蹦蹦的爱犬，跟着娘俩去过丽江等很多地方）。积木天性顽皮，时而摇头摆尾地跟在我们后头，时而冲上山坡，时而又蹿到我们前头。每当孩子叫一声"积木"，它略做停顿，一下就飞奔过来。我跟积木初次见面，它竟友好地舔了舔我的手指。有孩子们在，邓老师指着溪边的那只红冠的大白鹅戏说，它也是进京赶考的吧，孩子们都开心地笑了。

山野里的空气清新，透着青草味，就连在山间小憩，听松涛低吟，流水浅唱，都是一种享受。丹芳岭又名四十九盘岭，在盘旋的古道上，我们走得有点累，可孩子们很快活，不时一惊一乍，小打小闹。走得累了，大家席地而坐，吃一些食物和补充水分。孩子们很注意环保，也跟着大人将垃圾收拾好。在一处有水的山凹里，大人们分头搭起了炉灶，孩子们去捡柴木。起初，在背阴的山上捡，有些树叶还是湿的，树枝烧不起来。后来，他们又去捡松枝。苏羊说："这些，孩子们知道。"这样的细节还有很多，比如跟大人们一起洗菜、洗碗、分享食物。芯仪妈妈因为住得近，几乎每周都来看她。野餐后，苏羊和老师们同她边休息边交流孩子的学习和生活情况。此刻，三个孩子早已脱离了我们的视线，苏羊说："那边有个运动场。"这已经不是第一次来了，苏羊很放心。大人们并未刻意去教会孩子们什么，只是身体力行，言传身教。

这只是一次最平常不过的郊游，也是一堂难得的体验课。在能仁书院的博客里，我曾读到过他们的教育精神和理念："向孩子学习，向内心学习，向大自然学习。""在能仁，孩子们不仅要学习中国传统文化，亦需深入了解现代科学文明；不仅要努力成为一个温和、宽容、友善之人，亦需掌握必要的防身之道；不仅要拥有来自书本的知识，亦需积累从生活中获得的经验。语文、数学、英语、自然、音乐、诗歌、种植、武术，将会是能仁书院最主要的课程……"书院里的孩子不多，目前只有五位，有几位老师分别志愿或兼职承担了他们的课程。同行的邓涛原先是海口某高校的教师，现教国文；张立航来自湖南长沙，大学毕业后当过翻译，教英语兼教书法。博客里还有这样一句话："能仁书院栖居于自然，致力于给孩子们提供'一个适合他们的成长环境'，'找出一条属于自己的道路来陪伴孩子成长，让他们的生命力得到保护、意志力得到最大的发挥。'"

一路上，大人和孩子们都很开心。就在行程即将结束的时候，从山上下来了一群羊，我们与它们狭路相逢，积木低吼着跑上去跟羊群嬉戏。我忍俊不禁，苏羊曾将"化身亭"命名为"羊舍"，这样的山居，的确充满了诗意。

山居谢公岭

2019 年 4 月，四位文友在雁荡山灵峰侧畔，谢公岭脚下觅得一处居所，起名"素履之宿"，一边经营，一边山居。周渔隐给民宿起名是有缘由的，"素履"二字，源于《易履象辞》，"素履之往，独行愿也"，喻示质朴无华、清白自守的人生态度。

山居生活，历来是我所希冀的，周渔隐的设想恰好符合我的夙愿。于是，我到素履之宿小住了一段时日。2019 年 4 月 24 日，我在微信朋友圈发了第一条记录：灵秀雁荡，山水滋养了草木，也滋养了人和万物。在前一日，历史文化学者傅国涌先生到访。傅先生是土生土长的乐清人，他少年时到雁荡中学求学，从东石梁洞出发，往返于谢公岭古道。他说乐清历史上有两个重要人物：元时的文学家李孝光（《雁山十记》作者）和明时的诤臣章纶（现存南阁古村落和牌坊）。宋时的王十朋和明时的徐霞客，有可能也是到过谢公岭古道的。

　　谢公岭古道因东晋山水诗鼻祖谢灵运而得名，彼时他在
温州永嘉任太守。如今由于交通的便利，谢公岭古道已经废弃，
不再是出入雁荡的通衢，往返更多的是"驴友"或是附近的
村民。古道就在素履之宿门前，通过一条幽深的巷道，便有
石径通往山上。脚踩石阶，登临古道，能够瞬间使心绪安宁。
我就像俗世中的一株草木，与山野交融。身边的竹林、菜垄、
田地、鸡犬、草木，使我回归到原始的简朴，这是一种无忧
与忘我的境地。

　　山间极目，层峦叠嶂，鸟鸣洗耳，花香扑鼻，满目葱郁。
2019 年 5 月 5 日，我曾这样写道："我希冀山水的烂漫和田
园的归去。山中万物，飞禽走兽，花鸟鱼虫，俱是百般自由。
从有人烟处的炊火，到星月虫吟的古道，我游走的山林，有
流水淙淙，鸡鸣犬吠。我在山水中瞭望，将内心复归到懵懂
少年。"

　　谢公岭之于我，是探寻与游历的起点，更是一种内心的
攀附与交会。我也时常到附近的灵峰探寻，沿着鸣玉溪一路
溯源，灵秀的山峰，青葱的草木，令我的呼吸变得轻盈。在
山间，感受轻柔的风、流动的云、鸟愉悦的啼鸣。溪鱼嬉水，
燕子上下翻飞，在山谷里穿梭。我流连于这样的山水，使内
心变得安静，触觉又变得特别灵敏。照例，我记录了当时的
心境：雁山灵秀，草木丰盈。山间晴雨，乃自然之循环，天
地之变幻。当人完成了自我教育，与山水相呼应，与草木同

呼吸，便能够体察入微，洞察分明。

　　我把灵峰山谷称为清寂之地。五月，是雁荡山油桐花开的季节，一地的油桐花落在脚下，落在溪水里，美在身边，美又稍纵即逝，让人记起芥川龙之介的遗言："自然的美，是在临终的眼里映现出来的。"那样的凄美，那样的触景伤情。我常会在溪边的树下孑立，仰望树上如雪般的白色小花，一朵一朵，开得素雅、洁白，随风簌簌，轻盈地坠落尘土。此刻，我就像一个葬花人，眼看着一朵朵白色的浪花掀起，将这些素白的精灵裹携而去，心头便装满了落寞与惆怅。

与周云蓬，去西石梁大瀑

得知周云蓬在雁荡山灵峰侧畔的素履之宿小住，便想着去见一见，可惜当天要去温州洞头参加一个活动，只好暂时把念头放下。

从洞头返程抵达雁荡，已是三天后，即 2020 年 10 月 27 日下午。当晚，几位朋友在素履之宿与周云蓬小叙。老周情绪不错，谈兴也健，遗憾的是始终没有听他弹唱。回想起五六年前在温岭的东海诗歌节期间，去听周云蓬、小河、万晓利三人的现场演唱会，《杜甫三章》《关山月》《九月》《镜中》等至今萦绕于耳。

第二日晌午，周渔隐建议去山里转转，于是我和周云蓬，以及他的助手青尼、导盲犬牛牛一同前往。在羊舍用过午餐，苏羊也加入了我们的队伍，一起陪同。

此时，雁荡山草木茂盛，秋高气爽。汽车在盘山公路上行驶，芙蓉峰直入云天，山野之气扑面而来。身侧是溪水潺潺，芦苇在日光下摇曳。天际蔚蓝，白云缭绕着秀丽的山峰，有一种静寂的美。我们踩着溪石铺就的小径依山而行，一旁是绿油油的田园，农人们在远处躬耕，或侍弄着瓜果。

这时候，最欢快的应该是导盲犬牛牛了，它在前头尽情地奔跑、撒野，水牛似的膘肥体壮，金色的毛发闪闪发亮。此刻，它仿佛已经暂时忘记了自己的职责，在自然的山水中，尽情地散发着自由的天性。这也难不倒老周，他还有一根拐杖，在崎岖的山间小道上一路磕磕碰碰，走得倒还算从容。青尼吆喝着："牛牛，回来，回来。"牛牛回过头，从很远的前头又往回跑，如是者三。

我们先去了梅雨瀑，行不远，一道石壁阻了去路。只见一道细长的瀑布悬挂在三十余米高的悬崖上，水线时断时续，如梅雨般飘飘洒洒，轻盈地散落下来。这一潭水面积挺大，十分清亮，只是很浅。

老周三人在潭边席地而坐，我蹲在潭中的一块石上。而牛牛则欢快地跃入水中，清凉的潭水淹没了四肢，弄湿了它的肚皮。青尼蹲下身，捡起潭石扔向远处，诱导牛牛朝前扑去。牛牛在水里扑腾着，摇头摆尾。青尼又去捡了根枯枝，让牛牛照着她的指令扑过去，叼住，衔在嘴里。

此刻，老周突然来了谈兴。聊起了苏格兰人和爱尔兰人，聊起了他们的祖先和音乐，说他们能歌善舞，还聊起了张枣等人的诗歌。这时候的老周是那样见多识广，侃侃而谈。山水有清音，虽说老周眼睛有疾，见识却远胜于常人。

后来，我们又去了西石梁大瀑。那里人迹罕至，自然清静。此处山口有一百六十余米高，一道碎雪般的瀑布沿山崖跌落，激流坠入半个葫芦形的崖壁，远远便能听见珠玉之声。老周在岩石上坐了下来，和周渔隐各自开了罐啤酒喝了起来。苏羊和青尼则沿着潭边的山坡走到了瀑布底下。因潭水较深，牛牛只好在浅水边嬉了会水，吼了几声，望着青尼兴叹了。这时，一个男孩过来，很有礼貌地跟老周打了声招呼。原来他是中国美院的学生，是来这边写生的。他说真巧了，前些日子在杭州还见过周老师的演出，说完就要求合影，这是老周的粉丝无疑了。此时的老周看上去还是那么淡定，并且有问必答。而牛牛则鼓起勇气爬上了陡坡，可惜当青尼回来的时候，它却犹疑着不敢下来。更多的时候，老周就这样在潭边的石头上静坐着，话不多，默默感受着什么。

天色渐渐暗了下来，在返回的路上，老周又开始活跃起来，海阔天空地聊起了近年来他的一些游历、见闻，妙趣横生。一阵清风刮过，山林晃动，松涛起伏，一轮弯月挂在天际，有一种静谧的美。

灵峰散记

一

抵达灵峰已近傍晚，晚霞开始落幕，一抹淡黄涂抹天空，那是落日的华彩。眼前葱郁的山林，铁灰的山峰，由近景推向远处，如此明净、魔幻。

我踏过谢公岭的老桥，凝视着周遭的一切。我曾无数次目睹谢公岭的日出日落、春夏秋冬。眼前的景反复出现，却又如此不同。那成片淡紫色的马鞭草，曾经开得动人心魂，开出一个个浪漫的淡紫色的梦。那株被台风吹折枝条的杨梅树，已不复新绿。黄灿灿的金鸡菊、素白的油桐花，早已凋零，化为尘泥。

当下正是雁山的枯水期，溪水断流了，露出光秃秃的溪床。不见流水、不见溪鱼的鸣玉溪便少了韵味。

桥头牌坊的廊下坐立的大多是当地村民和游客。有卖山里草药和特产的，也有卖青草糊和西瓜的。石凳、桥栏上或坐或靠着三三两两闲散的村民，稔熟地说着乐清方言，闲扯上几句，又被呼呼的山风吹跑。

还好，灵峰的绿即使在夏季也绿得醒目。双笋峰、超云峰、合掌峰、象鼻岩……那些熟悉的山峰就在眼前，就像是个约定，恒久不变。灵峰的山水如此秀丽，滋养着我的心性。

二

当夜幕袭来，灵峰便披上一件黑色的外衣，影影幢幢的山峰变得更加魅惑，仿佛蝉的躯壳。而蝉依旧在忘我高歌。它在白日里的激情一直延续到夜晚，持久而热烈。它一定是个活力四射的诗人，散发着荷尔蒙的味道，但我却听不懂它那高亢的诗句。

暑气未消，心静自然凉。在溪边的石头上坐坐，点上几个小菜，和相熟的好友喝上几杯，似乎能够驱散黑夜，甚至可以忘我。此刻，与山峰对饮的人是畅快的，更有谈资可以下酒，他已经远离了喧嚣，用酒水再一次审视着自己内心的孤独。

三

人是有气息的，如同草木，与气味相投的人交往才有意思。阿人是有亲和力的，年逾六旬，腹有诗书，一把花白山羊胡就是他的标志。他是雁荡白象人，在山中住了八九年，嫌理发太麻烦，因此束起了发。我跟牧童夫妇介绍说他是在山中隐居的人，其实只说对了一半。他爱喝酒，酿了很多酒，杨梅酒、桑葚酒……他种花种菜，整饬庭院。他做得一手好菜，慢工出细活。喝酒的人一般耐不住寂寞，他经常会邀朋友过来喝酒，因此也经常下山去会朋友。谈起文学，他提起了朋友车前子、马叙……以及在丽江偶遇的北岛。我曾在六月二十日写过一首诗，算是对他的白描：

《山居的阿人》
阿人有点怪
一个人住在僻静的山上
阿人戴了副老花眼镜
表情温和，目光锐利
阿人长发花白
山羊胡子也白了
阿人穿着大裤衩来回走动
为我们端上一桌酒菜
阿人走路的样子温吞
嗓音却雄浑

山上的日子冷清
阿人读书、喝酒、种花、种菜
阿人南京大学中文系毕业

肚里装了不少墨水

阿人稳稳当当坐在八仙桌旁

吞云吐雾，举手投足的样子

像极了马叙的画中人

阿人吐出的字

化作一串串秘符

被古老的山风吹跑

四

突然就停电了，黑漆漆的夜。周遭幽寂，虫吟四起。在民宿屋顶的露台上抬头，天幕散落萤火般的点点星光。近旁传来孩子的声音，他说："妈妈，你陪我去看星星吗？星星，好漂亮的星星。"然后是童稚的数数声。

已经很久没有纳凉了，童年的往事浮现，那时候经常会搬张桌椅，坐在门前的空地上。天幕浩瀚，无边无际的月光，无边无际的星空，无边无际的清凉。那样的夜晚是迷人的，有很多故事值得咀嚼、回味，那样的乡村静寂、虚无。

五

灵峰侧畔的素履之宿，门前就是谢公岭古道。晨起，我时常在山间漫步，那是必不可少的功课。彼时，人尚在清梦中，鸟叫醒了山谷。晨间的空气清冽，人在自然中呼吸，视觉和嗅觉也会变得异常灵敏。上岭，在竹林掩映间听空谷的鸟鸣，看远山的云雾。下谷，在马鞭草的紫色花田里穿行，在鸣玉溪畔子立，凝视溪水溅起的白色浪花，碎玉般瞬间化为虚无。此刻，万物开始苏醒，身心俱是空灵。我在呼吸，与山心意相通。我在行走，草木也在行走。我成了山中微小的一部分。

六

我常循着鸣玉溪，独自探访灵峰。彼时，夏日蝉声四起，游人如织，我就像一尾鱼在水里遨游。人们对这里的一切因为陌生而产生新奇，我却熟悉这里的路径、石头和草木。独自行走不受外物干扰，令耳目变得更加灵敏。一只鸟的啼鸣始于清晨，始于心性的愉悦，自然便能够从心底里激发。那时候的我，是隐身于林野的我，我的面目变得无足轻重，不必注重礼节、社交，而是从本性出发，欣然如草木，被空气滋养、被雨露滋润。彼时，山水显露出真容，人也变得无拘无束。因此，天地是容器，水土也是容器，人的心性亦是一枚小小的容器，却能够盛得下天地万物、儿女情长。

我喜欢鸣玉溪的凝碧，那是一种静止，一种和谐，一块悄然流动的浮玉，而溪鱼在潭中畅游，故一方水潭也是容器。人若在水里潜泳，则人也能够感受到溪水的清凉，那是水与皮肤接触之后产生的清爽。此刻，人是另一种鱼，用肢体交流，任何的言语都显得苍白。

七

　　我所看到的山峰，是神交已久的故友，与之相对，便能够产生亲切感。我能够说出石头的名字，但这种命名太过具体。人的命名如同符号，与之一一对应。人的相貌却是与生俱来的，随着年龄的增长，形体骨骼节节拔高。那一座座山峰，一块块石头，也在生长，随之衰老。我喜欢刚劲挺拔的山峰，有力、粗壮。而雁荡的山峰有一种灵秀之美，如俊逸的少年。

　　这里的草木是赋形者，在四季不同的时刻赋予了山峰更多的妆容。过分在意外表的人，修饰自己的五官，打扮自己的仪容，而草木与山峰并不刻意。那些流纹的火山岩历经风化、断裂、坍塌，形同废墟。那些草木没有边界，恣意攀爬。人是有别于自然的动物，喜欢雕琢、规划，整齐划一。过度的修饰便是虚假，一种自以为是，人是精致的利己主义者。

八

　　人们赋予山水以美好的定义，灵峰的命名便有着空灵的意境。象鼻岩、合掌峰、灵峰古洞、东瑶台、西瑶台、观音洞、北斗洞……山水的清幽使这种命名成为可能。

　　在鸣玉溪之上，人们定义的果盒桥是在一百年前所建，我所看到的石桥是历经毁损，然后重修的。经历岁月的洗礼，老桥显得沧桑、沉稳。轻盈的女子走上石桥，有种不食人间烟火的灵动。那是因为山水的灵动，草木的灵动。人的形体不止是摆设，身心在场，悄然将自己融入到风景中。

　　桥边坐着画风景的人，我听见了细微的蚕吃桑叶的沙沙声，他在纸上随意涂抹的线条，更像是一种对山峰的亲密叙事，那是炭笔在心灵抚慰下与纸摩擦之后的呓语。

肆

诗隐寒山

诗隐寒山

多年前，当我穿越苏州城迷宫般的小巷，走过古木参天的森林，来到一条运河边，便闻到了一股梵香。我站在河流之上，轻抚桥上斑驳的石栏，凝神观望，一艘乌篷船从桥下经过，悄无声息。

我试图寻找一些印记，却遥远且无法企及。古寺内的梵钟响起，余音不绝，是在催人离去，还是邀人造访？我不得而知，只是在寺外流连，寻找昔日的踪迹。

这便是唐人张继千古绝唱里的那座枫桥吗？这便是余音绕梁，名传千古的寒山寺钟声吗？寺门口的照墙前人头攒动，络绎不绝。夕来朝往，有多少凡夫俗子踏破红尘，寻寻觅觅，只因这古寺的钟声能够给人带来好运，抛弃凡间的忧愁。一千三百多年前，寺外来了位疯癫的僧人，他衣衫褴褛，蓬头赤足。寺内的僧人见他是个同道中人，便好心挽留他，于是，这名僧人便住了下来。他的姓氏至今无人知晓，只知道他在天台山寒岩隐居多年，自号"寒山子"。我隐约可以猜想他的为人，平日里随性所为，放浪形骸，这里的山林溪涧成了他的蔽身之所、隐身之地。

寒山子有三百多首诗作流传于世，其诗作大多包含禅机，多述山林幽隐之兴，或讥讽时态，警励流俗。如《杳杳寒山道》："杳杳寒山道，落落冷涧滨。啾啾常有鸟，寂寂更无人。淅淅风吹面，纷纷雪积身。朝朝不见日，岁岁不知春。"于是，我大致可以描述他平日里的生活，在冷寂无人的山上，面貌枯瘦的寒山子，以桦木为冠，穿一双大木屐，摇头晃脑地走着，每得一句好诗，便用木炭将诗句题于树间石上。

他不慕虚荣，他劝善惩恶，劝人修行。《茅栋野人居》诗云："茅栋野人居，门前车马疏。林幽偏聚鸟，溪阔本藏鱼。山果携儿摘，皋田共妇锄。家中何所有，唯有一床书。"也许这便是他理想中的生活。他既然出家，自然不忘劝人皈依佛门，礼佛传灯："可怜好丈夫，身体极棱棱。春秋未三十，才艺百般能。金羁逐侠客，玉馔集良朋。唯有一般恶，不传无尽灯。"他出世，也入世，只在疯疯癫癫的行为间揭露着人间社会的荒诞，透视着他对人生的理想态度。"疯狂之士"寒山子便这样隐居于此，成了寒山寺的一个不朽的传奇。

又过了数百年，名不见经传的寒山寺迎来了历史上另一位重要的客人，他叫张继。也许是由于急着赶路，张继拼命催促着船家快点摇船，船家已是挥汗如雨，终于在黄昏时分，船咿咿呀呀地摇到了苏州城郊阊门外的枫桥下。船家见天色已晚，便放下桨，再也不肯往前摇了，张继朝四处看了看，无可奈何地点了点头。这时，一阵悠扬的钟声响起，在运河上回荡，经久不息。张继侧耳细听，沿着钟声寻了开去，在昏黄的月色下，隐约可见一座古寺，正孤立在运河边上。他不禁触景生情，忍不住地吟哦起来："月落乌啼霜满天，江枫渔火对愁眠。姑苏城外寒山寺，夜半钟声到客船。"他随手将这几句诗记了下来，塞进宽阔的袖口。他万万没想到的是，随兴而为的诗句，竟会在世间广为传诵，成为千古绝唱。

一夜之间，偶尔途经此地的张继便成了寒山寺声名远扬的首要功臣，从此以后，历朝历代的文人墨客们，争先恐后地拥进寒山寺，就为了目睹这座古寺的风采，探寻那经久不息的钟声。每每到此，也仿效张继，或从怀里掏出一张宣纸铺了开去，或干脆在石灰壁上留下墨迹。

三百多年前，一个风雨杂沓的夜晚，清人王士祯（又名王士禛）舟泊枫桥，然后命随从点起火炬，急急匆匆地踏上了岸，冒雨造访，却不入内，只在寺门上挥毫题笔，写下两首诗，《夜雨题寒山寺寄西樵、礼吉》："日暮东塘正落潮，孤篷泊处雨潇潇。疏钟夜火寒山寺，记过吴枫第几桥？枫叶萧条水驿空，离居千里怅难同。十年旧约江南梦，独听寒山半夜钟。"题毕，他头也不回地转身离去。

王士禛的行为看似有点怪异，却为诗坛留下了一段佳话。我试图窥探一下他的内心，就在他拢袖离去的刹那，他的内心一定无比惆怅，只因这夜雨给了他太多的迷茫，就在此稍做停留，也好寄托他的思乡之情。

僧人圆寂了，诗人也走了，一千三百多年间，寒山寺虽屡遭焚毁，但香火犹存。我在寺内徘徊，香烟缭绕，梵音四起。眼前这一切，竟使我感叹不已，一首唐诗成全了一座寺庙，而一座寺庙的命名竟因一个诗僧而起，实乃世间绝唱。

微雨的周庄

一

一直以来，都想去看一看周庄。清明节这一天，总算成行。"清明时节雨纷纷"，这一路上，淅淅沥沥。而心情，因为夹杂着雨气，感到格外清凉。

我到过不少的江南小镇，如乌镇、南浔，唯独在周庄是雨中漫步，别具一格。我对周庄的最初印象，源于陈逸飞先生的油画《故乡的回忆》，这幅画的价值不言而喻，无论是精神的传播，还是对物质文化遗产的保护，它的意义都是世界性的。于是，周庄成了江南小镇的一个代表，画里的双桥又成为了周庄的一个绝对象征。我们每个人都有一个具体的故乡，而周庄，分明成为了千千万万游子心目中的故乡。

像许许多多的江南小镇一样，周庄有着小桥流水、白墙黛瓦，它所呈现的是一帧淡淡的水墨，又有着宋词般的意境。

"沾衣欲湿杏花雨，吹面不寒杨柳风。"而寻常百姓的生活，就在不经意间，变得纯净、自然，不折不扣。当我徜徉在滴水的屋檐下，亲近感油然而生，也许，这周围的一切，都是人们最熟悉不过的了。我们，是邻里、乡亲，或者成为朋友。

狭窄的河道，紧密的长廊，还有那青青的石桥，这些，原本一直都存活在小镇，只是生命的年轮呈现出久远的灰色，一如慈祥的外婆，额上花白。沧桑的岁月可以改变一条河流、一座石桥，却无法改变周庄的一脉相承，尽管时过境迁，周庄依旧人来人往，同样的生活依旧在延续。错综的街市，商铺林立，那里门对门，檐对檐，却只有一米多的间隔，空间虽然局促，而行人却在舒缓地走动。雨滴落了下来，打在伞面，打湿了衣襟。有些调皮的雨，倏地钻进了青石间的泥土里，小巷子里回荡着淡淡的芬芳。

二

在雨巷间流连，不知不觉便来到了双桥。双桥始建于明万历年间（1573—1619年），一名世德，一名永安。从岸边望去，桥面一横一竖，桥洞一方一圆，像极了古代的钥匙，故又称"钥匙桥"。双桥虽然声名在外，却只不过是两座普普通通的石桥，因为特殊的地理位置，它将银子浜和南北市河紧密地连了起来。因为它的存在，交通变得便捷，也正因为它的存在，水乡里的一幕幕才富有诗意。不言而喻，水是周庄的灵魂，而桥便是媒介。关于石桥，老画家吴冠中在《桥之美》中这样写道："桥，它美……桥，它与流水相交，丰富了形式变化，同时也是线与面之间的媒介，它是线、面间形式转变的桥！"更有诗人卞之琳这样写道："你站在桥上看风景，看风景的人在楼上看你。明月装饰了你的窗子，你装饰了别人的梦。"当我真实地站在双桥，也会产生"成为了别人的风景"的感觉。桥下的流水在哗哗地作响，一艘艘搭着花棚的木船穿洞而过。船娘们一边摇橹，一边放开了歌喉，唱着吴侬软语。"唐风子遗，宋水依依。"千百年间，浓郁的吴地文化不仅孕育了周庄，更是将它推向了世界。显而易见，河岸边隐藏的那些大大小小的埠头，都有着斑驳的苔痕与印记。那一块块错落有致的条石台阶，仿佛向我们传达着某种信息。无论你在天南还是海北，水乡的船只都将送你抵达另一个彼岸。此刻，夹岸花红艳艳，杨柳轻扬，氤氲的雨雾笼罩着河面，而凝碧的流水漾起清波，水乡里的周庄一片空灵。

在水乡，不光是双桥，还有富安桥等大大小小十四座古桥，桥桥相望，桥桥相连，悠游的乐趣，便在这巷间弄里、桥头水岸流连，寻找昔日的时光，品味古诗里"吴树依依吴水流，吴中舟楫好夷游"的意蕴。

三

在周庄，不得不提一个人的名字，那就是曾经富可敌国的沈万三。沈万三，从元朝中叶乃至今日依旧声名显赫。坊间流传着关于他利用周庄镇北白蚬江水运之便，通番贸易等的传说，周庄首富沈万三使周庄成为粮食、丝绸、陶瓷、手工艺品的集散地，遂为江南巨镇。

余秋雨先生在《江南小镇》里这样写道："周庄虽小，却是贴近运河、长江和黄浦江，从这里出发的船只可以毫无阻碍地借运河而通南北，借长江而通东西，就近又可席卷富庶的杭嘉湖地区和苏锡一带，然后从长江口或杭州湾直通东南亚或更远的地方，后来郑和下西洋的出发地浏河口就与它十分靠近。处在这样一个优越的地理位置，出现个把沈万三是合乎情理的。"可见，江南小镇，也是藏龙卧虎之地。

到周庄，自然要去拜访一下与沈万三有关的沈厅。沿着河岸，我来到了富安桥东堍南侧的南市街上，寻找着属于周庄沈氏的荣耀与辉煌。元朝中叶，沈万三之父沈佑由湖州南浔迁至此地，经商发迹，并由沈万三发扬光大，到清乾隆七年（1742 年）沈万三的后裔沈本仁建成沈厅，前后经历了三个朝代。

沈厅具有明显的明清时代的建筑风格，七进五门楼，大小一百多间房屋。前部是水墙和河埠，中部是墙门楼、茶厅和正厅，后部是大堂楼、小堂楼和后厅屋，这正是典型的"前厅后堂"的建筑布局。沈厅建筑自然有它的历史价值，而对我来说，仅仅是一次不知深浅的造访。当我从悠长的巷子里转入门廊，是一进又一进的院落，一个又一个的庭堂，那些庭堂的背后，又隐藏着无限可能的空间，"松茂堂""朝正堂"，一块块古色古香的匾额、浮雕，还有桌椅都完好地保存着旧时的风貌。

四

除了沈厅，周庄还有着较为丰厚的文化积淀，比如北市街双桥以南"轿自前门进，船从家中过"的张厅，为明代中山王徐达之弟徐逵后裔于明正统年间（1436—1449 年）所建，因清初转让给张姓而易名；西湾街上建于清同治年间（1862—1875 年）的"祖荫堂"，是历史文化名人叶楚伧的祖居；还有堪称"水中佛国"的全福讲寺，一代文豪柳亚子等人吟诗诵词的"迷楼"，以及为了纪念台湾作家三毛与周庄未了情缘的"三毛茶庄"。我独欣赏柳亚子作为诗人那狂放的一面，置身迷楼，而迷恋上当垆的少女阿金，诗性伴随着开怀的酒意喷涌而出，年轻的热情挥洒着，恰巧应了那句"疏狂名士凌云气，窈窕佳人劝酒缘"，一时传为诗坛佳话。我更因为三毛那句"我还会来的……周庄有你在，真好"而心酸，三毛悄然离开了心爱的周庄，而周庄的遗憾便是没有让三毛长久地留下。曾经的过往，丰盈着周庄，更为每一个土生土长的周庄人提供了值得叹喟的故事。周庄人是幸福的，可以毫不费力地触摸着水乡的风月，享尽水乡的温柔。沿着青青的石板路，我不停地在巷子里徘徊，幽深的宅院，明黄的寺壁，以及桥头的风景，无不唤醒着我对周庄的记忆。黄昏已近，此时的古戏台，悠扬的昆曲早已落幕；青黛的屋檐下，是行人晃动的衣袂；石桥边更会使人产生联想，是谁撑着油纸伞，悄然而过？茶楼与艺坊尚未打烊，依旧敞开着。周庄那略带迷茫的烟雨，令我再一次陷入了绵长的悠思。

天下黄山

一

普天之下，有几个黄山？这样的山川，这样的峰峦；这样的奇松，这样的云海；这样的低吟浅唱，这样的诗山画水，即便是丹青圣手，也难调其色，难绘其美。

明代的大旅行家徐霞客涉足五湖，放眼四海，他两登黄山后，发出一声叹喟："薄海内外，无如徽之黄山，登黄山，天下无山，观止矣！"

"观止矣"，这是对黄山高度概括的盛誉呵！

5月4日下午，登黄山，天微雨。从云谷站坐缆车直达白鹅岭，岭上气温明显较低，颇有寒意。在白鹅岭稍做休整，我们前往始信峰。这一路上，见识了不少名松，如黑虎松、龙爪松、接引松、连理松等，这些松树年代久远，颇具风骨。"黄山之美始于松"，黄山上的松，本来就多，更兼历代诗人对它们广为吟诵，一时声名鹊起。如黑虎松在北海至始信峰岔道口，此松已有七百余年历史，其冠盖如墨，状若黑虎，故名。连理松在黑虎松去始信峰途中北侧，《晋中兴征祥说》云："连理，仁木也，或异枝还合，或两树共合。"两枝丫，或两棵树长到一起，称为连理。附丽于这些古松上的传说很多，有精妙的，也有牵强附会的，姑且听之，付之一笑。

一路走来，只见奇松怪石，无奇不有。相对于其他游客的亦步亦趋，我与同伴则洒脱了许多，只一路看去，率性而走。

二

山上的空气有些稀薄，透过镜片，镜像变得特别清晰。我不停地拿起相机，将山上的松树定格。人来人往，影影绰绰，置身其间的我们，是如此幸运。因为那些美妙的瞬间，会永远停驻在人的记忆里。

不知有谁在说"瞧，那是猴子观海"。我凑上前去。果然，远处的峰上有一奇石，状若灵猴，静观虚空。也有人说，那是"猴子望太平"，在黄山北海的山洞里，这只灵猴修炼了三千六百年，会三十六变，却爱慕上了一个女子，所以它是在呆望着山下的太平县。有诗云："小劫沉沦五百春，全真应是最多情，功成圆满归东土，趺坐灵山望太平。"无论是哪个版本的传说，都说得绘声绘色，有模有样的。当我透过松树浓密的树荫，远眺山峰，这只灵猴是如此生动。生动的山峰还有许多，如后面见到的十八罗汉朝南海、观音峰，等等。

这真是大自然的鬼斧神工，光这一段就有许多不错的景致，我生怕错过了什么。同伴说："不就是些石头嘛，瞧瞧就走，咱别落在人后头了。"我说："等会儿，再等会儿，我还没看够。"同伴年岁上大我一轮，却说出一番道理："石头就是石头，你看它像什么就是什么，何必较真呢？"我想也是，可还是与他争辩："既然上山，不就是为了看山而来，既然那些石头有些来历，听听故事也很过瘾。"

话虽这么说，可黄山上的景致实在是太多了，以至于我们总是走马观花，倒不如在始信峰上遇见的一位画师，他将画板靠在树下，面山而坐，手上的画笔却在不停地涂抹。那是一幅即将完成的水墨画，很写意。此刻，想必那整座山峰都是他一个人的。

三

自始信峰原路折回，抵达北海。途中我们又见识了"梦笔生花"，此峰在北海散花坞左侧，形同笔尖朝上的毛笔，峰顶巧生奇松如花，故名。话说诗仙李白当年，神游黄山，掷笔为峰，何其自在。同伴笑言，有峰如此，当合影留念。可惜的是，观景台上的游人实在太多，只得匆匆一瞥，也算是沾了太白的仙气。

自北海至光明顶这一段路上，山道盘旋，松树茂盛，繁花遍野。我们走得累了，就在途中喘息片刻，又边走边观赏黄山上的景致。遥看"飞来石"，竟有摇摇欲坠之感，难怪古人题咏："何处飞来不可踪，岩阶面面白云封。想伊也爱黄山好，来为黄山添一峰。"又见"排云亭"，青松叠翠，云绕雾罩，恰似人间仙境。

天时雨时晴，行程过半，我与同伴叠好雨衣，抵达光明顶。好一处开阔的所在，此时的光明顶虽暮色降临，却是人头攒动，云淡风轻。一登高处，竟心生放飞的喜悦。登海拔一千八百六十米的高峰说难不难，说易不易。相比于古人的跋山涉水，历经艰险，我们是何其幸运。黄山三十六峰近在眼前。明代袁中道云："从平得奇，北上光明顶，三十六峰皆见，如登广漠之庭，主人皆出而与客相酬畅者。"这是何其潇洒淋漓。炼丹、天都、莲花、玉屏、鳌鱼诸峰尽收眼底。

天渐渐有些灰暗，光明顶上，却会集着来自五湖四海的人们。我们都是朝圣者，虔诚地面对这一方秀丽河山。

四

清代桐城派作家刘大櫆在《黄山记》中写道："欲观云海，

于光明之顶为宜，其在文殊院者，不知有后海；其在始信峰者，不知有前海；登光明之顶，则放乎四海而莫不来王也。"可能是天气的原因，在光明顶上，我们未见云海，从光明顶下山，途经鳌鱼峰、莲花峰，却有几处不错的观景台，可以远观云海。黄山上的云海，吞云吐雾，幽远绵长，这绝对是个惊喜，我生怕它散去，赶紧用相机将之定格。

这一路上，峰回路转，曲径通幽。我们走走停停，停停走走，不知不觉已经走了五六十里山路。累是累了些，可我们本为看山而来，又何惧艰辛？从鳌鱼峰至莲花峰，途中有时身临绝壁，有时跨越天堑，如一线天、百步云梯等处，恰如其名。

山上的行人不少都拄着登山拐杖，偶尔也会有一两个挑夫从山脚下挑着担子与我们擦肩而过。自古以来，黄山上的挑夫就是一道独特的风景，他们体魄强健，踏歌而行，他们才是黄山上真正的勇者。

徐霞客在《游黄山日记》中写道："别澄源，下山至前岐路侧，向莲花峰而趋。一路沿危壁西行，凡再降升，将下百步云梯，有路可直跻莲花峰。既陡而磴绝，疑而复下。"可见莲花峰之险。很少有游人去登莲花峰顶，此峰海拔一千八百六十四米，高度居黄山之首。徐霞客云："居黄山之中，独出诸峰之上。""即天都亦俯首矣。"莲花峰峻峭高耸，气势非凡。宋咸淳四年（1268 年），安徽歙县文人吴龙翰等三人于秋冬之际，自带干粮，费时三日，登上莲花峰顶。他们夜宿峰顶，横笛吟唱，有诗为证："铁笛一声天未晓，吹开三十六峰云。"想不到古代的文人墨客们也有如此的胆魄与胸襟，在莲花峰顶快意人生，自在逍遥。

在昏暗的暮色中我们走完全程，抵达玉屏峰，夜宿玉屏楼宾馆。昔日的文殊院已荡然无存，唯有宾馆里灯火通明。不远处，迎客松正朝我们招手。

古道西风瘦马

　　那一年，我远离"小桥流水人家"的江南，不辞辛劳地来到郑州，就是为了一睹"古道西风瘦马"的风采。中巴驶离郑州，一直往北郊方向行驶，一路上是坎坷的丘陵地带。刚一下车，我对黄河边漫天飞舞的风沙还不太适应，戴着隐形眼镜，泪水止不住地流了出来，真没想到朝见伟大的母亲河，竟是这副模样，我自嘲地笑了笑。

　　这是历史上有名的花园口，离郑州约十五里，身边不时有一辆辆中巴停靠，游人们鱼贯而行，我跟随着来到渡口，等待气垫船渡我们去畅游母亲河。

　　起先，我所见到的黄河并不宽敞，仅仅是个狭窄的通道，不免有些失望。渐行渐远，视野也开阔了许多，依稀可见群山中有个怀抱婴儿象征黄河母亲的女子雕塑，怦然心动，这该是最原始的图腾吧！

　　河面渐宽，混浊的河流滚滚而来，这才显出黄河的气魄来。

记忆里印象最深的是那片荒滩，气垫船像一头搁浅的鲸鱼，直冲滩头，将我们送上了岸。滩头三三两两地站着牵马的老汉，古铜色的脸，看上去活脱脱像是兵马俑。

几匹大黄马，耷拉着脑袋，身上披红挂绿，甚是滑稽，但我还是忍不住上前骑上一回。

起先，老汉对我这个小伙子还不大放心，在前头牵着缰绳，大黄马踏着碎步，晃晃悠悠地走。在滩上来回走了多次，我忍不住说："还是让我来赶吧。"老汉这才将信将疑地把缰绳递给我，然后退到一旁。

滩上黄沙盖地，寸草不生。我骑在马上，用力拉着缰绳，两腿紧紧地夹着马肚，像个身披盔甲，随时准备出征的勇士。大黄马在我的怂恿下，终于开始发力，使出劲奔跑着，在宽阔的滩地上留下一串串深浅不一的蹄印。

后来的情形大致是这样：我不断举起手，挥动着细长的马鞭，不停地吆喝。大黄马喘着粗气，载着我不停奔跑，尘烟四起。我在马背上颠簸着，耳畔仿佛响起咚咚的战鼓，仿佛看见一群将士在古战场上浴血奋战。

此时的我已经忘乎所以了，一直催马上阵，意气风发。直到同伴喊我上路，这才下马，仍意犹未尽。

是夜，躺在旅馆里，只觉两腿肌肉僵硬，隐隐生疼。并为此赋诗《过花园口渡黄河》，以资纪念："风啸花园口，马嘶黄河渡；一骑踏飞鸟，嶙峋天涯路。"

开封在我脚下

在落寞中寻求落寞，在繁华背后见证繁华。

开封是我游览的第二站。作为七朝古都，它有着辉煌灿烂的历史与文化。而我却是东张西望，走马看花。

导游领我去观铁塔，我却在黄花丛中流连。此时的花卉开得娇艳，花丛间人头攒动，芳香扑鼻，大有招蜂引蝶之态。

远远望去，铁塔耸入云端。一座55米的高塔，历经风雨，屹立千年而不倒，这也算是一个奇迹。

近观铁塔，可以更仔细地一窥究竟。塔身镶嵌着一块块褐色的琉璃瓦，塔砖上则雕刻着各式各样的花纹图案，有飞天、麒麟、菩萨、乐伎、狮子等，它们纹理细致，形象逼真，可见当时的工匠已掌握冶铁技术，雕刻时能掌握火候，刀功十分了得。他们炉火纯青的工艺造就了铁塔，使之成为精湛非凡的艺术精品，有人将之与举世闻名的埃菲尔铁塔相提并论。

大凡帝都，都有一番皇气，而我却不知开封作为七朝古都的皇气在哪儿，除了龙亭。与铁塔表面颜色不同的是，龙亭大殿顶部全部覆以黄色琉璃瓦，显示它的皇族威仪。

这就是建在宋、金皇宫和明代周王府遗址上的龙亭吗？殿前这条贯通上下用青石雕刻的蟠龙盘绕御道，云龙石雕上至今还留有赵匡胤当年的马蹄印吗？

此刻，龙亭高高在上，我在它的脚下仰视。当我登临高处，则视野豁然开朗，开封在我脚下，大有君临天下之势。

在虎踞龙盘的金銮殿里走一遭，我又回到了青色的城楼，四处观望，又觉紫气东来只是个传说，眼前最真实的存在当数潘杨两湖的秀丽风光。

据说古代的开封府现已沉于湖底，湖水宁静，却有着太多的秘密。官方和民间从来都有着不同的话语体系。在民间，百姓之间口口相传的故事大致是这样的：话说潘杨两湖忠奸分明，潘湖是大奸臣潘仁美的化身，因此湖水混浊；杨湖是大忠臣杨继业的化身，因此湖水澄澈；南北大道泾渭分明，将之世代阻隔。

这样的说法并不科学，我们大可姑妄笑之，但这玉带般的大道岂不是一种寄托，一种刚正不阿的象征？对儿时所知道的那个包青天的记忆因此复苏。

包公铁面无私的故事，大家耳熟能详，红脸也罢，黑脸也罢，你方唱罢我登台。就让这千年的故事代代相传，流芳百世。

　　开封有条街叫仿古一条街，开封有个主题公园叫清明上河图。搬出余秋雨的《五城记》，开封是他所写的第一座城，"它背靠一条黄河，脚踏一个宋代，像一位已不显赫的贵族，眉眼间仍然器宇非凡"。在浩瀚的时空里，开封昔日的盛世繁华早已隐匿，今人只能对着张择端的一幅古画去反复揣摩，仿制的盛景难免成为赝品。

　　据说我们南方人，包括江浙一带人氏的祖先大多来自中原腹地，因躲避战乱或天灾而迁徙，流落四方。此刻，竟然使我产生某种错觉，我们就像一群不速之客，来历不明。我们的突然造访冒昧、唐突且有些怪诞。我身处其中，就像一个落魄的文人，随手轻抚一下宋时的青砖石瓦，仿佛是在追忆或者凭吊，然后一声叹息，潸然泪下。

关公门前耍大刀

要不是整天挤在中巴里，在这逼仄的空间里忍受长途跋涉的煎熬，还真喜欢就这样四处走走。

下午抵达嵩山，在崇山峻岭间游览了香火旺盛的少林寺，见识了少林俗家弟子高超的武功，随后抵达洛阳。夜宿洛阳，第二天起了个早，游览关林。

洛阳居天下之中，九州腹地，自古以来乃兵家必争之地。想想三国时期的关羽就葬于此地，不禁唏嘘。关林其实是个衣冠冢，位于洛阳市南郊约八公里的关林镇。那日，适逢关林镇集市，车水马龙，川流不息。小贩的吆喝声、人畜的叫嚷声、汽车的喇叭声连成一片，甚为壮观。

走进关林，确实给人以庄严的印象，那里古柏成林，隆冢丰碑，气派巍巍。

大殿内，香烟弥漫。关老爷的塑像前，挤满了人，顶礼膜拜。

关羽的故事，可谓老少皆知，家喻户晓，可坐镇荆州的关羽缘何葬于此呢？

相传，关羽兵败走麦城，被吴国孙权俘虏并且杀害。事后，孙吴怕招致刘备报复，遂以木匣盛关羽首级，送往洛阳，企图嫁祸于曹操。曹操识破其计，刻沉香木为躯，以王侯之礼葬关羽于城南。旧时的城南大约就是现在的关林镇。古代帝王墓称陵，王侯墓称冢，百姓墓称坟，圣人墓称林。当时，称霸一方的曹操以王侯之礼厚葬关羽，规格是相当高的。后世的历朝历代，关羽所受襃封不尽，庙祀无垠，"侯而王，王而帝，帝而圣，圣而天"，以至于与孔夫子齐名，并称"文武二圣"。

人们烧香的烧香，拜佛的拜佛，求签的求签，剩下我等闲极无聊之人，只好在关林里转了又转，听导游拿着喇叭讲解，听到有趣的便凑上前去。关林大殿两侧有两棵树，雅称叫龙头凤尾柏。西侧那棵，有一枯枝下伸，形似龙头，称龙头柏；东边那棵，树根裸露甚多，呈扇面形，且环纹甚密，活像凤尾拖地，故称凤尾柏。

导游指着一处殿堂说："不知你们有没有注意到寝殿里的春秋像、出行像和睡像？"人们有的点了点头，有的表情木讷。导游又接着说："这些塑像画的可是神形兼备，呼之欲出，活灵活现啊！话说有一次关帝显灵，趁着微黄的月色，在殿内夜读，被出巡的百兽之王东海龙王和百鸟之王南岭金凤看见，它们甚是惊讶，赶紧落了下来，栖息在两棵大柏树上。龙眼如灯，凤尾放光，照得庙内通明，既能给关帝夜读照明，也像大臣值日似的恭候关帝。天长日久，龙凤和柏树长成一体，龙头变成了柏枝，凤尾变成了柏根。"这样的传说当然有些牵强，只是吸引游客的好奇心罢了。

我对关羽产生了浓厚的兴趣，历史上的美髯公关羽，桃园三结义，辅佐刘备成大业，破曹军，威震一时，兵败走麦城的失误酿成大祸，使他了却一生。有人说他当时狂妄自大，太轻敌，然谋事在人，成事在天。我所敬佩的关羽骑着一匹赤兔马，提着一口青龙偃月刀，千里走单骑。赤兔马世上罕见，千金易得，宝马难求。而大殿门口就有一架鼓、一把刀，据说这刀就是他生前所使的青龙偃月刀，我上前试了试，真沉啊！

关羽成了神灵，刀还是传说中的那把刀吗？

叶落千山

秋的诗意，在于落木萧萧的苍凉，在于霜华如雪的静谧。

华山，高不可攀，深不见底，满目皆是沟壑、断壁、残垣。

秋风无情，秋叶缓缓地翻飞、起舞、飘落。

若是，这时的云雾深处，隐隐的山石上有个弹琴的女子，或有个吹埙的男生，那么，这山必定充斥着醉人的迷离，断人魂魄。

断人魂魄的其实是山的精灵，它散发出的气息，足以摧毁一个人的意志，而世上最坚强的人便是勇者，他征服了山，也征服了自己。

剑客们不远万里，披星戴月，风尘仆仆而来，就是为了在华山之巅的一场决战吗？诗人们翻山越岭，跋山涉水而来，就是为了在百丈绝壁上留下一行诗文？

不管多么悲壮的激战，多么绚丽的诗篇，都会使人落寞的，毕竟，没有太多看客的围观与赞许。剑出鞘的那一刻，便是时间凝固的那一刻；诗文铸就，岁月永恒。

的卢飞快，骏马驰骋，心思神往，思绪飞扬，有多少豪情，便有多少座山，山脉相连，如同人的筋骨、脉络、血肉之躯，怎可顶天立地？

山无语，已经沉寂了太多的往事、太多的悲欢离合，一如这林间的溪涧，溪涧的山石，已经久久地尘封。

樵夫放下柴刀，背起了布满荆棘的木柴。抬眼望，千载悠悠的白云一掠而过，几近绝迹的飞鸟在空山上一声凄鸣，或近或远，或虚或实。

山僧在一缕清泉间已经搭好了凉棚，余下的便是佛号声声，鼓钹长鸣。

是谁在吹响江湖曲，是谁在弹奏六弦琴？

剑客们早已作古，诗人们也被埋葬，肃杀的秋，已有寒意，而山依旧还是那一座山，山上的落叶，翩翩起舞，一个时代的终结，便是另一个时代的来临。

黎乡风情

　　阿黑是个淳厚的黎族小伙，个子高瘦，皮肤略黑，家在五指山下。他先做了自我介绍，并告诉我们一些简单的黎族礼仪，黎语"啵隆"是槟榔的意思，竖起大拇指则寓意健康、靓丽、帅气，是黎族人友好的问候方式，然后让我们跟着模仿。阿黑指着寨门上的吉祥物说，这是黎族的图腾大力神，两臂托举就意味着力大无穷。它世世代代守护着族人，保佑族人丰衣足食。海南黎族是百越民族的一支，自殷商始就迁入海南岛，是个古老的民族。

　　阿黑有些腼腆，他很自然地称我们为阿哥阿姐，接下来要带我们领略槟榔谷的风情。在阿黑的指引下，我们开始了槟榔谷之旅。他指着路旁几只俏皮的石蛙说，这也是黎族人的图腾之一，喻示繁衍生息、风调雨顺。他又指着一株挺拔的大树说，这是木棉树。哦，这就是木棉树，女诗人舒婷在《致橡树》里这样写道："我必须是你近旁的一株木棉，/作为树的形象和你站在一起。/根，紧握在地下，/叶，相触在云里。"这里有明净的碧空，散淡的云朵，细密的树叶，光影婆娑。

茅屋依山而建，错落有致，这是黎族的龟形屋。龟形屋以竹木为架，茅草为顶，离地约一米，屋内设有火塘。茅屋低矮，茅草低垂，透着一股原始的气息。黎家阿婆坐在门口，吹奏起鼻箫，余音缭绕，婉转动人。屋内的光线幽暗，那里摆放着黎族人日常的生活用具，如陶制的器具、竹编的农具，等等。四壁是用红泥糊就的土坯，十分简陋。自古以来，黎族人过着刀耕火种、自给自足的生活。

黎族人是海南岛最早的拓荒者，主要分布在中部和南部地区，现有一百二十多万人口，主要有哈、杞、润、赛、美孚五大方言。因处于偏远之地，方言不同、服饰各异，仍旧保存着一些当地传统的工艺和习俗。这里的龟形屋成了"非物质文化遗产陈列馆"，由黎族艺术馆、文身馆、牛文化馆和织锦展等组成。黎锦工艺有着三千多年的历史，被誉为中国纺织史上的"活化石"。《峒溪纤志》载："黎人取中国彩帛，拆取色丝和吉贝，织之成锦。"黎锦精细、轻软、洁白、耐用，古书称"黎锦光辉若云"。宋末元初，年轻的黄道婆沦落海南崖州，掌握了黎族先进的纺织技术，不辞辛劳地将技术带回家乡松江并加以改进，从而使江南的纺织业迅速发展，进入了空前鼎盛时期。明代的特大龙被——麒麟双凤龙被更是非物质文化遗产陈列馆难得一见的镇馆之宝。

　　尽管是在暮冬，但这里的植被茂盛，气候宜人，已经提前进入了春天。一路走来，会见到很多热带植物，如木棉树、槟榔树、椰子树、芭蕉树，等等。小女十分欣喜，一路品尝着各种新鲜美味的热带水果，如椰子、木瓜、清凉果、人心果、榴莲，等等。我们来到了台门前，热情的黎家阿妹为我们准备了甜腻的山栏酒，并且淘气地拎起了客人的耳朵。小女买了冲浪鱼，大快朵颐，又被黎族阿哥吆喝了去，边喝着椰汁，边欣赏阿哥爬槟榔树的绝活。只见他双手抓紧树干，一跃而起，身体贴着树嗖嗖往上蹿，一眨眼的工夫便蹿到了树梢，又倏地滑了下来，令人目瞪口呆。

　　在林荫处，几位黎族阿婆席地而坐，在织机上来回穿梭，织出一幅幅精美的图案。据说黎族男女定情之时，阿妹总能织出最满意的花带或手巾亲手送给意中人。这位阿婆有一张清秀的脸，却被勾勒出一道道的青色花纹，呈几何形，透着一股神秘，这便是传说中的绣面文身。黎家人文身的习俗自古就有，文身时不仅图有定形、谱有法制，连施术年龄也有规定，各族按祖传的图案进行文身。文身时用藤刺刺破皮肤，然后擦去血水，涂上染料。如是者三，待到脱痂时，纹饰才会清晰。也许是织得累了，阿婆抬起头来，朝我们面露微笑，并且竖起了大拇指，嘴里念叨着"啵隆"，小女愉快地回了个同样的手势，并且毫无怯意地坐了下来，示意我给她俩合

个影。阳光从高高的云层漏了下来，打在她俩脸上，笑靥如
花般绽放。织锦工艺源远流长，而古老的文身之美正渐渐消失。
手艺濒于失传，年轻的女子再也不用经历残酷的绣面。如今
在世的绣面文身妇女仅有两千人。

　　流连在甘什黎村的槟榔谷，品尝着原汁原味的黎家小吃
黄姜饭、竹筒饭、山栏酒、糯米糕，走近龟形屋，和绣面文身
的黎家阿婆亲密接触，并且你很难想象，黎族的祖先竟用剧
毒的见血封喉树的树皮制成树皮衣。最后，阿黑带我们领略
了一台大型原生态黎苗歌舞《槟榔·古韵》。在挺拔的大树下，
开阔的舞台前，黎家阿婆舂米、织锦，阿哥阿妹们载歌载舞，
原始的钻木取火、渔猎耕作，充满风情的隆闺放歌、打柴舞、
舂米舞，悠扬的旋律，热闹的场面呈现出远古人类的生活场景。
继承与扬弃、文明与原始的对话在黎族人的歌声里继续演绎。

伍

扎木合古城漫游

扎木合古城漫游

在黑山头镇住了一宿，第二天起了个早，我们来到昨日午后骑马的草场。当时下了场雨，天色晦暗，如今天光明媚，大地上的植物早已苏醒。天瓦蓝瓦蓝的，飘着浮云，新鲜的绿意浸漫着眼睛，要不是被前方几里外绵延的山丘阻挡，视野会更开阔。

一个黝黑的草原汉子给马套上缰绳和辕具，那些工序看似繁复，但他动作十分麻利，我在一旁耐心观察，等他收拾停当。

我从未坐过一辆披着红盖的四轮木质马车，而且是在草原上驱驰。土生土长的草原汉子，立在马车的前排，挥舞着缰绳，"驾"的一声吆喝，马儿便扬起蹄子奔跑起来，身后马车下的四个轮子便咿咿呀呀地滚动，一路颠簸。渐行渐远，这时我才注意到远去的一道道车辙，穿插在草原上，经过反复碾压后，地表裸露，如同一道道伤疤。

　　草原上的风是熏人的，混合着泥土、花草和牲畜粪便的气息。一群奶牛被马车惊扰，撅起了蹄子，扬长而去。更多的奶牛依旧在悠闲地吃草，跟大地耳鬓厮磨，聆听它的耳语。一蓬低矮的灌木在风中舒展，投下细密的碎影。更多的灌木沿着河流生长。

　　终于，马儿不再奔跑，它喘着粗气，在河边驻足。这条宽阔的河流离山很近，蜿蜒着流向远方。我们走下马车，去跟牛群为伍。它们从我眼前晃过，摇头摆尾。它们顺势走下斜坡，将头探入水中，在浅水里沐浴。它们个个膘肥体壮，仪态大方，它们才是草原真正的主人。幸好，我们的贸然闯入并未引起任何不满。

　　根河沿岸，是广袤的湿地和草原。沿着根河，我们要穿越这片牧场，接近远方连绵的山丘，并且找到那个历史上的古迹——扎木合古城遗址。烈日下的草原，气温在不断升高，暑热逼人。我喝了一大口水，捂了捂帽子跟墨镜，并且很快取出驱蚊水涂在身上。这并非小题大做，这样小心的必要性很快得到验证。

　　我们穿越了牧场，并且走进了一片花的海洋。那些不起眼的金黄小花，竟能开得如此灿烂，漫山遍野。远处，一匹骏马被驱驰，闪电般在花海里狂奔。我隐约听见牧民的吆喝声，又一匹骏马进入了视野，同样黝黑骠壮。我们在花海里跋涉，被青草和各种不知名的小花裹挟着，白的纯洁，黄的灿烂，红的夺目，紫的妖娆。脚步到处，蚊蝇四起，嗡嗡作响。一只瓢虫躲在艳丽的花蕊中，随风摇曳。

扎木合古城遗址，原来就在前方不远的山坡上。它并不雄伟，甚至可以说毫无屏障可言。领队三木跟我介绍说，扎木合是成吉思汗的安答（拜把兄弟），这才让我提起了精神。

终于爬上了山坡，我不免有些失望，扎木合古城只有一块石头和一排白石雕刻的图案。石头上刻着"扎木合称汗地"，而白石正面的图案则描绘了一群蒙古人，马背上的骑兵、敬献哈达的子民以及扎木合本人，这可能是他称汗时的某个场景。在白石粗糙的背面，刻着一段文字，是关于扎木合的小传。我试图将它拍了下来，以便解读。

"扎木合，出生于1160年，卒于1204年，扎答澜部人，是蒙古草原最强大的部落首领。扎木合少年时就有过人的才能，英勇善战，足智多谋。曾三次与铁木真（成吉思汗）结为安答。扎木合历来争强好胜……"原来，这儿是《蒙古秘史》中记载的阿兀纳兀，即根河和额尔古纳河的汇合处。铁木真暴露了统治草原的野心，而下克鲁伦河流域的塔塔儿人、下色楞格河流域的篾儿乞惕人、下斡难河流域的泰亦赤兀惕人、贝加尔湖西岸的斡亦剌惕森林狩猎人，还有与这些部落亲善的许多小部落，参加了扎木合的联盟，在此地公推他为汗，尊称"古尔汗"。盟军在阔亦田与铁木真的军队展开激战，史称"阔亦田之战"，扎木合大败。这位草原英雄最终被五个随从押送给铁木真，铁木真念他们年少时的友谊，又念扎木合在强大时并没有谋杀自己，愿与他修好，但他拒绝了。这对草原英雄多年的恩怨就此终结。我欣赏扎木合对待死亡的无畏与坦荡，他才是悲剧里真正的草原英雄。

到达山顶，我才发觉自己的渺小。广袤的呼伦贝尔草原显现出它的博大，接纳着天地万物，包括山川、河流、草木、牛羊。我们沿着一个小小的敖包转圈，三木说，捡上一块石头，转上三圈，许下你的愿望，很灵验。我默默许了愿，这里离天很近，草原上的万物都是有灵性的，只要你足够虔诚。

当我登上了身后的悬崖，才真正领略到根河湿地的宏伟，根河在静静地流淌，湿地是它远足途中的宏大叙事。山坡上的植被葳蕤，鲜花娇艳，我绕着扎木合古城遗址走上一圈，试图让那些被土石掩埋下的故事说话。

临江屯的幸福时光

　　她们说临江屯很美，就在中俄界河额尔古纳河边上，它三面环山，是座桃源式的村庄，比起闻名遐迩的小镇室韦和恩和，这里没有沾染上太多的商业气息。不过，恐怕再过些时日，临江屯也会被不断开发，从而失去应有的原生态。她们说得那样真切，我信。

　　日已西斜，走进临江屯，就像走进了乡村电影中的某个场景。天依旧很蓝，村庄被落日的余晖笼罩，投下斑驳的疏影。开阔的马路上，一队人马与我擦身而过，蹄声四起，尘土飞扬。道路两旁建着一排排叫作"木刻楞"的民居，用木栅栏围成一个个独立的院落。每走一步，我都要小心翼翼，尽量避免踩上牲畜的粪便，但那股混乱的气味依旧暧昧不清。

　　一棵树下，一匹枣红色的矮马被拴在木桩上，一动不动；一头花白相间的奶牛侧卧在牛栏边吃草；几只黄狗四处游荡，却对我们这些陌生人置之不理。

我们来到了歇身的旅馆，确切地说是一幢新建的木刻楞民居，两层楼。木刻楞，是俄罗斯族的典型民居，是用木头和手斧刻出来的，有棱有角，非常规整。隔岸便是俄罗斯，临江屯有八十多户人家，据说祖辈大多是苏联红色十月革命时期的俄罗斯移民。多年来汉俄满蒙通婚，当地村民绝大多数是第三代、第四代的华俄后裔。他们沿袭了一些俄罗斯特有的习俗，如居住木刻楞、过俄汉两个民族的主要节庆日等。

我放下行李，很快便四处转悠。一阵悠扬的手风琴声将我吸引了过去，只见三位老人静坐在靠近民居的马路旁，其中的一位老人操着手风琴，弹奏的是一首欢快的俄罗斯歌曲，我的兴致便提了上来。另外两位老人在一边闲聊，其中一位老人个头不高，但外貌尤其显眼，鹞眼鹰鼻，眼睛是玛瑙般深蓝。给我们开车的律师傅曾经在俄罗斯待过，懂点俄语，便用俄语与他交谈，探讨俄语的发音问题。因为是第三代的华俄后裔，有些专业名词的俄语发音老人似乎也很难确定，边说边竖起大拇指，赞扬一下律师傅。律师傅也很受用，跟着歌曲的节拍跳起了俄罗斯舞蹈，有模有样的。我的情绪一下子被感染了，陶醉在欢乐的气氛里。

不知不觉中，天色渐渐暗了下来，最后的晚霞将天边照得通红。村庄显得静寂，静得让人彻底放松下来。老人们早已各自离去，我们也心满意足地用完晚餐，准备参加一场小型的篝火晚会。

村庄在黑暗中沦陷。马路上几乎没有什么照明，我打着手电，摸黑朝着那块偏僻的荒地走去。黑暗如潮水般袭来，四周空荡荡的，只有脚下的砂石在沙沙作响。暗夜里，篝火一下子点燃了夜的激情，木柴在噼里啪啦地燃烧，火焰升腾，空旷的荒野有了温暖的亮色。我们尽情地喝着啤酒、奶茶，抓起手把肉，大快朵颐。在火光和酒精的作用下，我们一个个都脸颊发烫，忘乎所以。

散场之后，回到木刻楞的廊檐下，不知有谁在喊"星星，星星"。我禁不住抬起头，只见黑丝绒般的夜空镶嵌着一颗颗钻石般的星星，北斗七星、猎犬星座……众多的星斗高悬于在头顶，若隐若现。我惊呆了，随之一股无以名状的兴奋如电流般击中全身，这是多么纯粹与透明的夜空啊！

第二天起了个早，从马路上经过，发现这里的每家每户几乎都是一个独立的院落，屋后有自己的菜园，窗台上摆放着一些鲜艳的花朵，勤劳的主人们早已牵着马匹在此等候。我们朝着屋后的山坡走去，一条泥泞的小道一直通往山顶。山顶上有个电视塔，很空旷。我们就这样静静地在风中伫立着，将临江屯的美景尽收眼底。蔚蓝的天空、流动的云朵、连绵的绿草、墨绿的森林、明净的河流，还有那红蓝相间的屋顶，组成了一幅充满质感的画面。光影在不断变幻，一如童话里的色彩。

静享太平

在草原，我的视野是开阔的，没有遮挡，眼前的景致与我无数次的憧憬不谋而合。蓝天白云，绿草如茵，山峦、湖泊、牛羊、蒙古包都极其和谐地融为一体，构成一幅绚丽的长卷。汽车越往山里开，就越接近大兴安岭，山峦开始坚挺、丰满起来，由松树、桦树组成的森林开始覆盖，成片的油菜花地，郁郁葱葱。

离开临江屯，汽车在大兴安岭山麓的土路上颠簸了几个小时。在穿越了一片黄澄澄的油菜花地和茂密的白桦林之后，我们来到了太平村，一个在地图上不起眼的小村庄。但她因地理位置特殊，位于中俄界河额尔古纳河边上，而成为俄罗斯人和汉人通婚的前沿。百年以来，从荒无人烟到人口稠密，几经变迁，如今却又衰败下来。

七月的骄阳，有些炫目。在村口下车，只见一侧的遮阳伞下摆着两个摊子，几个当地的妇女在卖些时令的蘑菇、蓝莓和金银花之类的山货，比起山外，价格都很便宜。为了买一包烟，我独自随一位阿婆到她家里去取。走过一段黄土路，只见山脚下的一个牛栏里关着大约十来头牛。一排排用栅栏围起的木刻楞民居就搭在道路的两侧，因为年久失修，都很陈旧。没走多远，就到她家了，门前挂了把锁，阿婆利索地从怀中掏出钥匙开门。

屋子很小，也很简陋。看来，这里远离城镇，物资相当匮乏。一个角落里堆放着一些小卖部常见的油盐酱醋、方便面、饼干和矿泉水之类的商品。老人从柜子里取出几条香烟由我挑选，大多不贵，也就是几元、十几元一包不等。

我随口跟她聊了几句，老人说，这个村子也就几十户人家，家里的儿女都住附近的镇子上去了，就老两口在家，老头前几天也到儿女家去了。老头退休前是林场的职工，这里有林场和农场，以前都是国有的，如今改制了，老两口就拿一千多元的退休工资养老。儿女们在周末有时也开车来这儿，带些自家种的蔬菜回去。说着，她透过窗户，指着前院的一块菜地跟我说，自家种的菜新鲜，品种还多。老人家的屋子也就三四十平方米，有两间卧室和一间厨房，摆放着简陋的床铺和橱柜，略显拥挤。厨房搭着灶台，摆放着一堆木柴、一只水缸，还有些农具和锅碗瓢盆之类的家什。水是用一个自制的水泵从地里压出来的，就在屋子里抽水，直接抽进水缸。老人给我舀了碗水，我喝了一口，甘醇可口！我连说好喝，老人乐得露出了两颗门牙！

这个村子非常宁静，我又沿着来时的路返回。在路过的一户人家的栅栏前，我停了下来，只见一位白发苍苍、略显富态的老太太正在菜园子里劳作，我便拿起单反相机给她拍起照来，顺便跟她聊了几句。老太太一边躬身劳作，一边回答："这里住的都是以前林场和农场的职工。这里交通不便，在山上安装了太阳能，前些日子才通的电。也就这两个月待在这里，等过了秋天，收完这一茬蔬菜，我们也就回到镇子里去了。这里天冷，没法过冬。这里空气好。我们在莫尔道嘎都有房子，离这里有两百里地呢。住在镇子里，小孩子读书也方便。"我们就这样有一搭没一搭地聊着。"有俄罗斯族吗？""老一辈的有，大多过世了。年轻一代的也大多移民了。"

暖暖的太阳光打在身上，其乐融融。太平村的老人们却能够像候鸟一样迁徙，在这里住一阵子，再到镇上去享受一下儿孙绕膝的天伦之乐，周而复始，优哉游哉，这何尝不是一种幸福呢！

在额尔古纳河右岸

离开太平村，汽车颠簸着从原路返回，途经老鹰嘴。老鹰嘴在临江屯以北七八公里处，因岩石状似老鹰而得名。这里鸟语花香，植物葱郁，可远眺风景。我们走下车，步行来到山岗，再从山坡一侧的青草地滑下，艰难地攀爬到岩石之上。听山风在岩缝里呜呜作响，河水在脚上哗哗流淌，如此难得的体验，实在是一件值得冒险的事。再次经过临江屯，我们再一次向可爱的房东告别，取了衣物，前往美丽的小镇室韦。这一路上，行人和车辆依然稀少，偶尔会遇见一两队散客，由附近的村民牵着马匹四处闲逛。此地与俄罗斯接壤，车行之处，见到当地驻军的瞭望塔和军事设施便不足为奇了。总之，这里偏僻、寂静，只有极少数的村民或养蜂人会在路边搭上帐篷居住。

小镇室韦位于大兴安岭西北麓，呼伦贝尔草原北端，额

尔古纳市境内，是蒙古族的发祥地。据史书记载，室韦族始
于北魏，居住在黑龙江中上游两岸和嫩江流域，以狩猎为业，
也种植麦、粟。夏时城居，冬逐水草。唐代室韦分为二十多部，
其中居于额尔古纳河流域的被称为"蒙兀室韦"，即蒙古部
的祖先。这里有着大大小小十余座古城遗址，蒙古族人多来
此寻根、祭拜。室韦的常住人口有三千多人，可能是因为几
经迁徙，如今的蒙古族人所占比例很少，大部分是俄罗斯族
和华俄后裔，因此被称为俄罗斯民族乡。室韦居民的父辈，
大多是以山东、河北人为主的"闯关东"移民和沙俄时期的
西伯利亚移民。百年间，两个种族的移民在此不断交往、碰撞、
联姻，繁衍生息。

　　比起临江屯的"养于深闺人未识"，室韦早已声名在外，
由于商业化开发，小镇有着完整的规划。整洁的街道两侧，
一排排多层的木刻楞民居就在眼前整齐地排列着。有的专供
游客住宿，有的则改造成独门独户的农家小院。在一家挂着
招牌的俄罗斯农家小院，我们放下行囊，停了下来。接待我
们的房东看上去年纪不大，没有明显的俄罗斯族特征，她的
母亲包着头帕，围着围裙，高鼻梁，依稀能够分辨其父辈的
模样。多年之后，他们的外貌与口音已经很难匹配，真正会
说俄罗斯语的第三四代后裔已经为数不多，满口的河北、山
东口音让人吃惊。在街头，一个金发蓝眼、高大帅气的小伙
子从我们面前经过，在交谈中得知他是个真正的俄罗斯人，

从河对岸过来，表演歌舞。

镇子的北边流淌着额尔古纳河，是一条中俄的界河。我因读过迟子建的长篇小说《额尔古纳河右岸》而知晓它的大名。我们穿过大街，绕过广场，踏上一片青草地，便来到了河边。面对着这条浩浩荡荡的河流，我的心胸也变得无比开阔。这条饱经沧桑的河流，是蒙古族人魂绕梦牵的母亲河。河流的两岸，也曾是鄂温克族人祖先的栖息地。在《额尔古纳河右岸》一书中有这样一段描写，九十岁的鄂温克族老祖母说："河流的左岸曾经是我们的领地，那里是我们的故乡，我们曾是那里的主人。三百多年前，俄军侵入了我们祖先生活的领地……祖先们被迫从雅库特州的勒拿河迁徙而来，渡过额尔古纳河，在右岸的森林中开始了新生活。"经历了一个个漫长的冬季和春季，额尔古纳河从冰封到解冻，很多往事已随风消散。

河的对岸是俄罗斯小镇奥洛奇，可能已弃之不用，一些残存的木刻楞老房子零星地散落在对面的山坡上，芳草萋萋，杳无人迹。左岸和右岸，不单单在地理意义上被分割，也将中俄两国人民的血脉分流。逐水草而居的蒙古族人已背离故土，放养驯鹿的鄂温克族人也离开森林，择地定居，只有眼前的额尔古纳河一如既往，奔流不息。阳光下，清波荡漾，水草摇曳。往河的上游眺望，只见一大群皮毛发亮的骏马在摇头摆尾，尽情嬉戏。一阵突突的马达声从远处传来，一艘插着红色国旗的快艇飞快地在河间游弋，所到之处，波浪翻滚。我目送着它离去，顷刻之间水面又恢复了平静。这个午后，我就这样徘徊在额尔古纳河畔，与一条古老的河流对话。当我嗅着河岸边泥土草木的清香和动物残存的迷乱气息，便心醉不已。

夕阳笼罩着大地，告别室韦，我们进入了另一个俄罗斯民族乡——恩和。恩和的时光是散漫的。第二天上午，我背着相机在村子里四处转悠，在清澈如镜的溪间游玩。在民俗风情馆，我见识了驼鹿、驯鹿、黑熊等动物标本，和苏联的一些铜质雕像、器物等实物展览，并且体验了异乡的民俗文化。我还见到了一位九十岁高龄、德高望重的老大爷——伊万。他在一间窗台上摆着鲜花、整洁明亮的屋子里坐着，专注地盯着电视画面。他热情地与我打招呼，丝毫也不见外。我有些忐忑，在他边上坐下，偷偷地打量。老人身形高大，红光满面。他有些耳聋，要大声说话才能听清。他拿起笔，在纸上写下了名字"一万"。并且告诉我，他年轻时开过拖拉机、康拜因，还做过电焊工、铁匠，是土生土长的俄罗斯族人。说完，他还用笔歪歪扭扭地写下了"内蒙古额尔古纳右旗恩和乡"这几个字。

我对老人的过去知之甚少，但我知道，和室韦一样，这里的居民依旧保留着较为完整的俄罗斯族习俗。他们居住于俄式的木刻楞，酷爱清洁、花卉和歌舞，女子多穿长裙、围三角头巾，饮食以西式为主，多信仰东正教，按俄罗斯族时令过巴斯克节。他们擅长种麦、放牧、狩猎和捕鱼，并且饲养奶牛、种植蔬菜，爱做列巴、野果酱、西米露等风味小吃。在热尼亚列巴坊，我曾目睹一位姑娘用白桦皮在火炉子里烤出新鲜的列巴，这种列巴是用列巴花自然发酵的，以祖传技法烤制，不含任何化学添加剂。在店里，喝着异域风味的酸奶，品尝着有着树木清香的大列巴，实在是一件惬意的事。

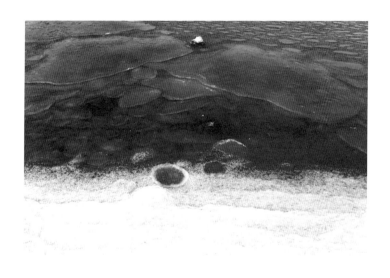

陆

在丽江

在丽江

在丽江的短短七日，很快就过去了，我们在旅途中寻找未知的快乐，其实也在寻找迷途的自己。

——题记

一

时光让人变得麻木而缺乏趣味，尤其是当你长期在一个地方居住，按部就班，很少户外活动。几乎每一个日子都在既定的轨道上，像时钟一般准确无误。回头想想，人生有多少分钟是这样虚度的呢？于是，在那个假日的午后，我们的飞机穿越群山和云朵，从五千米的高空骤然下降，在一段长长的跑道减速滑行，然后停在丽江机场。当我走出机舱，环顾四周，便已准确感受到这里的微风和温度。

我放下行李，坐上机场大巴的时候，一段美妙的丽江之

行就此开始。大巴在旷野中的一条马路上移动，周遭的事物
也跟随着移动，山峦起伏，田野、树林、房屋都在匀速后退，
似乎为我们的前行让步。这里的温度相比于杭城至少高了5℃。
空气能见度高，天空湛蓝，飘着白云，明净悦目。

　　我们入住的客栈是事先预约好的，距离丽江古城约五百
米，老板亲自驾车到巴士站接我们，又开了约二十分钟，方
才抵达梵曼客栈。关于梵曼客栈，我在微信上这样记录："下
午，在丽江的梵曼客栈小憩。这里的天真蓝，空气质量又好。
客栈门前有条小涧，巷子幽深，流水潺潺，小女很喜欢这里。
客栈十一月份才开张，老板——姣丽、姣娣姐妹俩——来自
绍兴上虞，热情随和，像亲人一样。这里有一种家的感觉，
真好！"

　　梵曼客栈其实是一个独立的农家小院，木质结构，两层楼，
有个天井，房间只是在原有的基础上进行了改造，有五六间
客房。在短暂的休息之后，姐妹俩热情地招待我们吃饭，由
姣丽的妹夫掌勺，烧的都是绍兴的家乡菜。姣丽才四十来岁，
她说，丽江的房价便宜，前些年在古城买了房，今年九月份
才租了院子，花了些钱装修。她原来的职业是小学体育老师，
喜欢"驴行"，行走了大半个中国，感觉还是喜欢丽江，因
此同妹妹合伙开客栈，客栈来的客人大多是由朋友介绍的。
这里风和日丽，一年四季几乎很少下雨，相比于南方的潮湿
与雾气，的确宜人。

由于初来乍到，姣丽建议我们还是先适应这里的高海拔，明天不必急于去爬玉龙雪山。故下午我们就在附近的白沙古镇转转。姣丽带我们去了六路公交站，从黑龙潭出发到白沙古镇也就十几站的路程。

二

白沙古镇，丽江第一大家族——木氏土司家族——的发源地。早在唐朝，南诏王封玉龙雪山为"北岳"的时候，木氏祖先就开始在此修建白沙街和北岳庙。宋元时期，这里是丽江商贸、政治、文化的中心，一直到明代初年木氏家族迁到大研镇为止。如今的白沙古镇已纳入世界文化遗产丽江古城的保护范畴。

白沙古镇在丽江古城以北约十公里，公交车走走停停，不时有沿途居民上下。对于我们这些外来者来说，纳西族人的服饰特征明显，很好分辨。我从近处观察，前排的两位老人长着古铜色的脸，皱纹密布，嘴角柔和。纳西族人谈吐质朴，汉语的表达则略显生硬。

我们在一条宽阔的马路边下车，四周空旷，行人稀少。抬头向北，一眼便望见了远处积雪的山峰，纳西族人的神山——玉龙雪山。我们身处玉龙纳西族自治县白沙镇的中心街道，自古以来，这里便是南方古丝绸之路重要路段茶马古道的必经之地和商贸集市。街道两侧是一座座木楞屋组成的四合院，临街铺子里摆着扎染、刺绣、银饰等手工艺品，传统的老银匠坐在门前的空地上敲敲打打，一丝不苟，制作着银色饰物。

沿东西向的古街走不远，我在一座高大的牌楼前停了下来。上面悬挂着一块古旧的牌匾"世界文化遗产纳西古王国之都——白沙"。这里洞门开大，南北走向，地上铺着纵横双向的长条形石块，古道年久失修，虽于2002年修缮，可惜不是昔日人马拥挤的模样。作为丽江古城的三大古镇之一，白沙显得有些萧条。

天蓝得迷人，而古街则冷冷清清。穿过牌楼向南行，有挂着灯笼的服饰店、东北菜馆、怡绣店、七海咖啡馆。一只黑猫蹿到了门前的青石上，随后，一个明媚的姑娘从七海咖啡馆里走了出来，一把搂住了黑猫，安抚着，好似在低语。在随后的交谈中得知，她来自上海，三年前来此租房，如今不是七八月份的旅游旺季，生意并不好做，晚上也就早早打烊。我沿着流水，在一座座纳西族人的老宅院前徜徉，作为古镇的重要组成部分，那些古建筑群明显低矮、残缺、破旧，有的门前贴着吉祥如意的对联，有的门上写着出租或出售的字样，屋檐与屋檐交接处是紧密的小巷，时闻鸡犬之声。偶尔也会遇见古铜色皮肤的老爷爷、满脸皱褶的老奶奶、温和淳朴的纳西小伙和大方秀丽的纳西姑娘，纳西族人的音容笑貌、独特嗓音、安然自若的神情都令我生出好感。

此行最大的遗憾是没能看到白沙壁画，由于时候不早，刚巧关门，只好悻悻而返。据《纳西纸书》记载，"白沙壁画是明代纳西族社会开放的结果。从明初起，先后延续了三百年。绘制年代最早的是琉璃殿壁画，应早于公元1417年。纳西社会在文化上所表现出的宽容和丽江地处川滇藏要冲的特殊性，使壁画的绘制杂糅了汉族、藏族、白族、纳西族的绘画技巧，因此壁画在色彩、构图上表现出前所未有的融会贯通"。与昔日茶马古道途经地的繁华相比，农耕文明的退却与民间传统的守望更令人悲伤，幸好还有蓝天白云。

三

不知丽江人的慢生活始于何年，姣丽说这里的人大白天一般起得很晚，我们也就入乡随俗。十点左右，刘师傅的面包车将我们拉往玉龙县拉市镇均良村。在一路的攀谈中得知，三十出头的刘师傅也是纳西族人，年轻时去过浙江绍兴等地干活，如今回乡自营开车接待散客。

拉市镇在丽江以西，是滇、川、藏的走廊，茶马古道必经之地。刘师傅说，这里是多民族的交会处，有汉族、白族、藏族、彝族，但大部分是纳西族。他指着远处高山上影影绰绰的建筑说，那就是彝族人的村寨。拉市是典型的"一坝一乡"，坝区海拔两千四百米，山区最高海拔三千八百米米。山区土地贫瘠，他们却很少下来，很难想象如何过冬。四周是空旷的田野，夹杂着枯黄的草木，枯木间掩映着黄墙黑瓦，冬的景象，一片萧瑟。

我们在崎岖的乡道上缓行，在木楞屋檐下的空隙间穿梭，进入巷道，在一处院落前停车。这是其中的一处滇马场，土坯矮墙构筑的四合院，一派老树、枯藤、矮马的景象，很像某部西部片里的场景。一位1953年出生的纳西族老人为我们引路，他说，这里推行集体经济，一家只养三匹滇马，这次轮到他家接待。我们在马背上边骑边聊。他的禾氏祖辈在木氏土司时期自湖南移民，他是第八代，易姓杨。第一代祖先本是汉人，发迹后娶了七个汉族、纳西族老婆，后代在此繁衍生息。这里冬春干旱，夏秋多雨；旱地多，水田少；农作物以小麦、玉米、蚕豆为主，还有辣椒、苹果、冬桃、白芸豆、山药等。

穿过村巷、乡道、土路，滇马扬起蹄子踩着沙土一路小跑，尘土迷漫，两侧的木楞房、玉米地、苹果园、蜡梅、柳树、水牛、羊群都开始退后、消失。一路颠簸，不时有巷子深处的马队拐弯，加入我们的纵队，远方山高林密，坡越来越陡了。这有点像是传统马帮的路线，只不过，我们一路欢歌，只为风景而来。这里的年轻人大多外出谋生，纳西族的老人、孩子则居住在老宅院，依旧过着自给自足、丰衣足食的生活。虽然说不上享受，但他们拥有着祖祖辈辈留下的土地、河流、森林，依旧有着湛蓝的天和祥和的云为伴。他们继承了祖先留下的农耕生活，他们是自然之子。

丽江的旅游业拉动了拉市镇周边的集体经济，茶马古道这条由来已久的古丝绸之路重要路段已废弃，可茶马古道、拉市海的旅游资源使村里办了好些马场、农家乐。村民们大多是同宗同祖的族人，各家各户出人出力，既使当地的建筑遗产、民俗民风得以保存，又在一定程度改善了生活条件。纳西族古老的东巴文化，在现代文明层出不穷的冲击下，一定程度上得以存活。

四

两个小时来回的这段茶马古道，并无多少崎岖，与真正三千多公里的茶马古道相比，简直九牛一毛。回到马场，胖金妹为我们泡茶，有当地特产的雪毫、滇红。胖金妹姓木，应该是丽江木氏土司的后人。小木在昆明念过大学，能说会道，她说纳西女人以黑为美，以胖为贵，胖金妹和胖金哥是对纳西男女青年的称谓。无可争议，云南是茶树的主要生长地，普洱茶的故乡，而茶叶正是马帮人往返滇、川、藏途中茶马互市的商品。一边品尝着香气浓郁的茶，一边回味着小木对我们的茶叶知识普及，也算是茶马古道之行的收获。

午后的阳光出奇地好，告别小木，刘师傅送我们去拉市海。位于横断山脉断陷盆地中的拉市海，地表水源有南北两侧的清水河和美泉河，如镜的湖面映着玉龙雪山，九平方公里的水域，最深处可达九米。湖泊、草甸、沼泽，这里是水生植物、鱼类、贝类、鸟类的乐园。初冬，大批的野生水禽自寒冷的北方迁徙而来，在此越冬的候鸟有斑头雁、中华秋沙鸭、黑颈鹤、黑鹤等五十多种珍贵的鸟类。

在湖岸边抬头，只见一行大雁排着人字形队列在碧空翱翔。湖面漾起波光，水草在云和树的倒影间摇曳，成群结队的野鸭在湖中觅食。我们的小木舟荡起桨，朝着野鸭群划去，哗啦啦，惊起的野鸭群贴着湖面飞翔，又落到了更远处。最开心的当数小女，她和表哥双人双桨，划着皮划艇，在湖面上荡漾，若不是在艇上，定会欢呼雀跃。天光云影，时闻鸟鸣，我此时的心境也变得辽阔。船老大说，除了接待游客，他还会划着独木舟在拉市海打鱼，这是纳西族活着的独木舟文化。

束河古镇离拉市海不远，是纳西族先民在丽江坝子最早的聚居地之一。趁时候尚早，我们坐车前往。作为丽江古城的三大古镇之一，如今的束河古镇商业氛围浓郁，四通八达的街道，满大街的店铺，银器、刺绣、针织品、饰品、茶叶、糕点等应有尽有。纳西族、藏族、彝族等少数民族的姑娘小伙激情洋溢、能歌善舞，但四方街的歌舞表演完全商业化。丽江是多民族融合之地，束河古镇自古至今都很繁华，可我还是喜欢原生态的集市氛围。此处更少不了客栈、酒吧、茶室和美食街，空气中回荡着鼓声、吉他声、歌声，但已不再纯粹。

天渐渐暗了下来，大街上，白日的摩肩接踵，已变作黄昏的冷冷清清，灯笼次第亮了起来。离开束河古镇时，我竟觉得有些冷寂与萧瑟。

五

凌晨六点半，我们坐上沙师傅的面包车，离开丽江的梵曼客栈，朝着山区驶去。黎明前的黑暗中，只有汽车的喘息声。车内的空调坏了，有点冷。大约一个多小时之后，汽车停了下来，路边的驿站停满了车子，很多像我们一样的旅行者在此休整。汽车再次上路，经古城区大东乡，至玉龙县境内。此刻，已是上午九点多了，旭日冉冉升起，在群山之巅，向西可远眺玉龙雪山，冰雪世界，云雾缥缈。

汽车在群山中行进，翻山越岭，一路崎岖。透过车窗，不时能见到纳西族人居住的木楞房散落四野。经玉龙县鸣音镇鸣音村，始见集市和人烟。十点之后，到达玉龙县和宁蒗县交界处的阿海水电站，该电站位于金沙江中游河段，于2014年6月正式投产发电，离丽江市约一百三十公里。在公路桥上观景，两侧悬崖耸峙，江水碧绿。

在宁蒗彝族自治县境内，途经翠玉傈僳族普米族乡。该乡最高海拔为四千五百一十米，最低海拔一千六百米，相对高差两千九百米，立体气候显著。这里居住有傈僳、普米、彝、汉、藏等民族，农作物以水稻、玉米、洋芋、荞子、燕麦为主。

公路间偶见身着民族服饰的傈僳族人、普米族人以及放养的黑山羊。此行去宁蒗县的泸沽湖，还须经红桥乡和永宁乡。

泸沽湖是滇川两省的界湖，分属四川凉山的盐源县与云南丽江的宁蒗县，湖域面积 50.3 平方公里，湖面海拔高度 2690.8 米，湖区西北部永宁坝仍保留走婚习俗，"男不婚，女不嫁"的摩梭人祖居于此。当我们来到泸沽湖的观景台时，已是下午一点，天有点灰暗，并没有我们想象中那样明媚，四周山色葱翠，湖水浅蓝，如一帧淡淡的水墨，依旧令人陶醉。

在大落水村，沙师傅领我们沿着湖岸行走。湖岸的风吹拂着脸，神清气爽。一群摩梭孩子围了上来，向我们兜售十元一袋的苹果、松子、大枣。年长的摩梭女人则坐在摊前烤鱼、烤虾，售卖农副产品。也许，我们的到来，让孩子们能够贴补家用。看着孩子们一张张黝黑淘气的脸，我们决定购买他们在山上亲手采摘的水果。

穿越河岸边的树林，一艘木舟将我们带入湖中。三个摩梭男人为我们划船，桨划过湖面，泛起清亮的涟漪。远处，一群群野鸭欢快地在水中游弋，一群海鸥在湖面上翔集。摩梭阿公说，它们不怕人，只要喂给面包吃，海鸥就会过来觅食。小女买了袋船上备好的面包，撒向湖面，一只只海鸥扇动翅膀，俯冲着，击打着水面，叼起面包屑，鸣叫着在我们身边盘旋。摩梭阿公说，这个季节越冬的候鸟很多，有天鹅、黑颈鹤等，数以万计，海鸥也是国家保护动物，这里的人们从不伤害鸟类。

摩梭人习惯守望家园，崇尚人与自然的和谐共处。

六

草海位于泸沽湖靠东的一侧，因湖水较浅、长期泥沙淤积而成为长满芦苇的海子。每当渔讯时节，摩梭人会划着猪槽船在湖中捕鱼。此时，茂密的芦苇已经干枯，落日的余晖投进湖里，芦苇被风吹拂，倒伏在水面上，一望无际，遍地金黄。一座木质的草海桥横跨水面，延往两岸。长期以来，摩梭男孩走婚都会经过这里，所以这座草海桥也被称为走婚桥。

沙师傅是个小伙，父亲是彝族人，母亲是摩梭人。他说，摩梭人走婚，有暗婚和明婚，他的父母属于明婚。那晚，他领我们去了永宁乡女儿国村的一个摩梭人家，品酥油茶，喝青稞酒，吃当地秘制的土鸡和粑粑。八点钟，我们准时赶到大落水村参加篝火晚会。旺旺的火堆燃了起来，盛装的摩梭男女从四面八方赶来，围在火堆旁，然后由年长的老人带领跳起了甲搓舞。甲搓舞，又称锅庄舞或蹉搓舞，俗称打跳。"甲"是美好之意，"搓"是舞，意为"美好时刻的舞蹈"。他们手拉着手，以火堆为中心，围成一大圈，跺脚、挥袖、呐喊，很快点燃了在场所有人的热情。我们聚拢过来，加入队伍，载歌载舞。

在泸沽湖的第二天，我见到了索朗曲珍，一位口才极好的小学语文老师。我们随她进了祖母房，坐在火塘边，听她讲摩梭人的故事和习俗。摩梭人是古羌人的后裔，现为纳西族的一个支系，人口约五万，有本族系语言，但没有文字。摩梭人原始宗教为达巴教，由巫师达巴诵经、占卜。自古以来，摩梭人在湖里打鱼，在地里种粮食，种苞谷和土豆等农作物，过着自给自足的生活。在丽江的木氏土司统治时期，摩梭男人们要走马帮，用银鱼、核桃、水果进贡木氏土司以换取食盐。

摩梭人社会是中国最后的母系氏族社会，有着男不娶、女不嫁的走婚习俗。每年的农历七月二十五日是摩梭人的转山节，阿哥阿妹会在山上对歌，跳甲搓舞。看对眼的阿哥扣阿妹左手心、右手心三下，问清楚家里花房的位置，并且约好当夜翻矮墙进来，爬上二楼的花房，推开房门相会，鸡打鸣时再翻墙出去。定情的男女并不一起居住，一般有了孩子之后，一辈子不会分开。

滇放村有一百多户人家，住在由木材垒盖而成的木楞房里，院落是四方院，从不分家。当家人一般为年长女性，全家人的收入交由她支配，故年长女性的地位最高，祖母房的地基也高。阿妹的花房在二楼，等生孩子才搬到一楼。索朗曲珍说自己十三岁时行成年礼，邀请了村里一百多户三百多人吃流水席，当时杀了两头山羊、一头黄牛和一头三百斤的猪。成年礼由母亲主持，她左脚踩猪膘肉右脚踩花椒，由母亲为她穿上成年服饰。每个家庭的舅舅都是能工巧匠，会帮家里的女人带孩子、盖房子、做柜子，给屋子雕花、刻花。女孩会织布做衣服。她指着自己的银腰带说，这是舅舅送的成年礼物，花了八个月亲手打造，有四百多个雕着雪莲花、格桑花等吉祥花纹的银片，纯银是有温度的，可以御寒。她又指着屋内的两根柱子说，这是舅舅用同根生的一棵大树做的，女柱为根，男柱为干，象征"女本男末"。

告别索朗曲珍，我才想起，昨夜在宾馆的火盆边，沙师傅说，他对曾经接触的外部世界多少有些迷茫。末了，他说，还是待在家乡好啊，家乡山清水秀，人际关系简单，一点也不复杂!

七

在返回丽江的途中，雪纷纷扬扬地落了下来，路面有些积雪，沙师傅小心翼翼地开着车。六个多小时的车程，难免有些煎熬。从前的马帮赶马人，在如此举步维艰的山道上行走，想必要忍受极大的艰辛，是怎样的动力使他们毅力坚强，心存远方呢?!

山鹰在陡峭的山顶盘旋，突兀的峭壁上，一群四散的山羊在稀疏的草木间觅食。即便在人烟稀少之地，也能够见到一些残存的木楞房，根植在险要的大山深处。金沙江的碧水腾出山谷，向着更为平坦的开阔地奔流。

黄昏时分，我们回到丽江，入住大研古镇。丽江古城，即大研古镇，始建于宋末元初（公元十三世纪后期），由丽江木氏先祖从祖居的发源地白沙镇迁入，历经几百年的规划和营造。到访的明代旅行家徐霞客在《滇游日记》中这样描述："民房群落，瓦屋栉比。"明末古城居民达千余户，已颇具规模。建筑群是典型的纳西民居风格，以三坊一照壁和四合五天井为主，前后院和一进两院为辅，木质结构，清一色的黑瓦青砖，鳞次栉比。

丽江古城是滇西北主要的商品集散地和手工艺品产地。《纳西纸书》记载，纳西人称这座城为"贡本芝"，意为"背来货物做生意的集镇"。大研古镇以四方街广场为核心，街道像蜘蛛网一样延伸出去，既不规则，也不对称，更没有中国古城通常都有的那道城墙。

夜的灯火次第亮了起来，当我踩着五花石铺成的路面，走街穿巷，竟有些眼花缭乱，应接不暇。数百年来，人踩马踏，一条条马路已经十分光洁，却又凹凸不平。"街道是古城的骨架，桥梁是古城的关节"，它能够将我引入深巷，更使我得以在人迹中遇见繁华。"河流是古城的血脉，水源是古城的眼睛"，自元代至清朝，古城的营造者，木氏土司们巧妙地将玉龙雪山融化的冰雪之河——玉河——纳入城中，在自然水系的东西两侧，又兴修了两条人工河，完美地将河流引入千家万户。

自东入口的大风车，即三水入城处沿西河而下，经新华街、科贡坊，到达四方街，朝七一街方向，过百岁桥，到万子桥。

我们仅仅走了一小段路，便已彻底迷途，相似的街巷，错杂的路径，次第的民居，林立的商铺，恍若在梦境中行走。

不知古城人曾经的闲适生活，是否会被我们这些外来者所冲击。夜不闭户、路不拾遗的时代已经过去，接踵而来的游人将街道挤得水泄不通。灯火璀璨处，鼓乐声飘荡在古城上空，纳西庭院已不再享有应有的宁静。有关这个古城活着的记忆，只能在商铺里摆放的银器、刺绣、针织、皮革等手工艺品中找到遗存。

八

丽江古城有其喧嚣的一面，同样也有精致之处。放慢脚步，往僻静处走。流水带走光阴，老桥依然如故。只不过，在那些古老的建筑背后，已经鲜见走街穿巷、男耕女织的纳西族人了。

纳西族人始终相信，他们的神灵一定居住在山川、河流、森林、雪峰之上。只有得到神灵的庇佑，他们才能世代相传、安居乐业。薄雾的黎明，炊烟袅袅升起，雄鹰俯瞰群山，马蹄叩响大地，苹果树、梨树、李子树花枝招展，蝴蝶在花丛中寻寻觅觅。大地之上，神灵的气息无处不在。

纳西族有句谚语："劳动时学蚂蚁，生活时学蝴蝶。"纳西人信奉神灵，活着就要用自己的双手，勤勤恳恳地劳作。因此，当地不乏传统的手工艺人。纳西族人制作的包银木碗、丽江铜锁、棉麻织品、陶器、纳西纸书等堪称独一无二的精品。

时间的河流永不止歇，却始终无法让纳西族人的欢乐止步。茶余饭后，古老的庭院响起悠扬的纳西古乐，纳西人手拉着手，在火堆边聚拢，载歌载舞。二十世纪五十年代，在丽江客居的俄罗斯人顾彼得说："那是一曲宇宙生活的颂歌，不为渺小的人类生活不协调的悲号声和冲突所玷污。这音乐是经典的、永恒的，它是众神之乐，是一个安详、永久、和平国度的音乐。"

在丽江古城，重修的木府是值得一去的。这里有着集纳西、白、藏、汉建筑风格于一体的古建筑群。明洪武十五年（1382年），纳西族首领阿甲阿得归附明朝，明太祖朱元璋赐阿甲阿得姓木，世袭土知府，营建木府。清雍正年间，改土归流后，土司改为土通判。清咸丰年间，木府毁于兵燹。

过去的七百多年间，木氏家族的二十二代土司一直统治着丽江地区。其中木泰、木公、木高、木青、木增、木靖六人的诗文卓著，被尊为木氏六公。最具代表性的是第十九代土司木增（1587—1646年），他尊崇汉文化，知书重教，好礼守义。他依附中央王朝，大力推行和亲政策，兴修水利，发展经济，使纳西族进入鼎盛时期。明崇祯十二年（1639年），徐霞客应木增之邀修《鸡足山志》进入丽江城，在此驻留半月，后写就《滇游日记》，对纳西族社会的制度、文化、风土民俗多有记载。

木府外，高大的牌坊上题着"忠义"二字，这是万历四十八年（1620 年），明皇帝赐给木府以表彰功绩的。进入气派的木府，你会看到一个宽阔的四方形广场，一座座雕梁画栋的殿堂和曲折的回廊。白云在水间晃荡，梅花舒展枝条，暗香疏影。在华丽的万卷楼、玉音楼、三清殿里行走，恍若是在时空里穿梭。盛极一时的万卷楼是木氏家族传经授科、披咏酬唱之所，对汉文化十分迷恋的木增土司不惜重金搜集各类典籍，以供藏书楼之需。他本人就是个颇有成就的纳西族作家，后隐迹于玉龙山南麓解脱林，埋头读书，从事"辑释庄义"，并著有多部著作。木增有诗云："万卷浑如邺架藏，清藜小阁满云香。"可见万卷楼藏书之丰富。轩昂的玉音楼，则是他召集歌舞伎，把酒吟风、偎香倚玉的场所，凡来丽江的达官显贵、饱学之士，木增都要迎进玉音楼，为他们接风洗尘。

到木府背后的玉龙山三清殿，可远眺整个丽江古城。以木府建筑群为中轴线，四周黑瓦青砖，鳞次栉比，是清一色的民居旧宅。目光所及，一幅丽江古城瑰丽的图景正徐徐展开。

九

早上，我们的面包车从丽江古城出发，往西北方向行驶，目的地是玉龙雪山。这座被纳西族称为"波石欧鲁"的圣山，山顶长年积雪，挺拔绵延。坐在车里，空气清冽，呼出的热气很快消散。窗外的群山在雾里迷漫，飘飞的雪花如轻盈的花瓣，瞬间即逝。

车子在中途停靠，我们现身在空旷的马路上，几个裹着围巾的当地妇女过来兜售针织的手套等日用品，用于御寒，我谢绝了她们的好意。穿过马路，黑松林就在眼前，一块硕大的石头上用红字标着"甘海子，3100"。甘海子是玉龙雪山的三大草甸之一，原是一片亚高山冰蚀湖泊。在二十世纪二三十年代后因雪线上升、积水减少而干涸。四野空旷，人们总是对过去充满好奇，残存的冰碛石，见证了冰川时期的地质运动，成为对远古最好的记忆。

半小时之后，抵达白水河，一汪幽蓝的蓝月谷，静谧深邃，明净的玉龙雪山就在前方一侧，仰望圣山，遥不可及。积雪封冻了高山，只露出神秘的一角，而河流则欢歌不止，滋养着周边的生物。雪域高原的神灵，一定居住在冰雪世界，俯瞰着大地、森林、河流和子民。在云杉坪，纳西族人将蓝月谷的潭水命名为玉液湖、镜潭湖、蓝月湖、听涛湖。传说中，殉情的纳西族男女，将玉龙雪山归结为爱情的归宿地，将心事都交付给蓝月谷幽蓝的深邃，艰难地爬上雪山之巅，在那里放牧白鹿，听鸟儿报晓，喝白雪酿的美酒。

在简朴的纳西族庭院用完午饭后，我们要从海拔三千三百五十六米坐缆车抵达四千五百零六米高度，然后步行至海拔四千六百八十米处。玉龙雪山长年冰雪覆盖，五千五百九十六米的山峰至今无人登顶。在二战时期，飞虎队在驼峰航线上飞翔，在百里之外就能发现一个金字塔式的银色航标，即玉龙雪山的主峰扇子陡。在唐代，南诏国王封玉龙雪山为北岳，在它的脚下筑起庙宇，供奉雪山之神"三多"的神像。这里应该是纳西族离雪山最近的村庄了。

后来，我从纳西纸书中得到证实，此地名叫"玉湖村"，1922 年，美国人洛克来到丽江，一住二十七年，他把大量关于丽江的文章和图片发表在美国《国家地理》杂志上，将以丽江为中心的滇西北风光介绍给了西方世界，玉湖村即是他的居留地，如今还存有他的大量遗物。1962 年，在弥留之际，他这样写道："与其躺在夏威夷的病床上，更愿意死在玉龙雪山的花丛中。"我亦挚爱这方山水，在"猴脑壳"石块筑就的暖色村庄，清凉的山风划过脸颊，四肢舒展，百骸俱张。

当我随手翻开主人家一本《阿摸热古家谱》，已然触摸到时光的温度。这本家谱记载了西南地区彝族阿摸热古家族的发端和迁徙史。他们有自己的语言、文字、信仰和风俗，主要的居住地在四川凉山和云南宁蒗一带，仅有的三支在云南境内，不知这本家谱如何出现这里，但我对前言里的一句话深信不疑："按照大小凉山彝族的传统习俗，人死后将其亡灵送回始祖居住地。"而玉龙雪山，显然是纳西族人的圣山，它的神灵"三多"，始终护佑着这一方水土，无论是纳西族、彝族还是洛克们，唯有不屈的信仰，才能支撑起一代又一代人的精神骨架。

十

缆车上行，我的目光被窗外的景象吸引，积雪覆盖下的玉龙雪山，黑岩石裸露着皮肤，一排排笔挺的松木开始不断下坠、下坠，黑白分明。从海拔三千三百五十六米到四千五百零六米，一百五十米的高度，我的心却被悬空，晃荡着。

缆车停了下来，步入天台，云里雾里，一片苍茫。从未在这样的高度遇见雪，它是那样晶莹剔透，一尘不染。一瓣瓣雪花飘落，钻入发际，亲吻着脸，我用温热的指尖触摸，瞬间即逝，倏忽不见。沿着栈道，在人流中穿梭，腾空，挪移，往更高处行走。在湿滑的路面，要小心翼翼，生怕一不小心就会摔倒。四周茫茫的白，夹杂着岩石的黑。栈道延往高处，斗折蛇行。

行不远，小女便开始吸氧，她刚才不停地搓雪、不停抛雪球的兴奋劲没了，脸颊苍白。这样的高度，周围仍有不少游人，我倒不用担心，况且袋里有四瓶氧气。从山上下来的老人扶着扶梯，迈开脚步，有些艰难。年轻人则健步走着，对着积雪，不停移步换景，摆出姿势拍照，在迷离的雾中，世界是如此静美、纯白。上行与下行的人，每一个都很友好、谦让，就像亲人。这就是我们身处的原初世界，没有纷扰，纯净透明。

抵达海拔四千五百九十一米的高度，小女开始有些不适，又接着打开氧气瓶吸氧。我喘着粗气，劝她跟随哥哥下去。才走了不足百米，短短的路程，却要消耗相当大的体能。四千六百八十米的终点就在前方，我却显得力不从心。一只小鸟飞了过来，蹲在前方的木檐上，它有着黑褐色蓬松的羽毛，红腹，不慌不忙地打量着我们，俨然像个王者。我惊讶于如此高海拔的雪山上竟然有鸟类活动，它以何为食？又如何在严寒里存活？这真是个奇迹。

我想转身离去，和家人一同下山。一同拼车的三个年轻人赶了上来。小丰，一个在西安就读大学的阳光帅气的男孩，和两位同行的女孩随即打消了我的念头。小丰说："叔，你不想上去吗？"我开始犹豫了，海拔四千六百八十米的终点就在前方，就这样下去无疑会成为人生的一个遗憾。

在一块巨大的玄武岩前稍做休整，我和小丰继续前行，两位女孩则留了下来。玉龙雪山的岩石是石灰岩和玄武岩，被白雪覆盖的山体格外皎洁。一条木质的栈道，延往高处，越往上离天越近。两件厚厚的羽绒服加在身上，有些沉重，我心跳不止，呼吸变得更为急促。行人稀少，我和小丰扶着扶梯，艰难地挪步。凛冽的山风刮过脸颊，寒意顿起。在雪境中喘着粗气携手同行，这样高度的生命体验，仿佛使我与小丰成了患难与共的战友。当我们抵达那个象征海拔高度的雪山平台时，都如释重负了。

在雪山之巅，我们并未见到云蒸霞蔚的景象，四野茫茫，苍茫白雪包裹下的玉龙雪山，有着神秘气息，充满诱惑。我们尽情呼吸，舒展双臂。

柒

稲城秋意

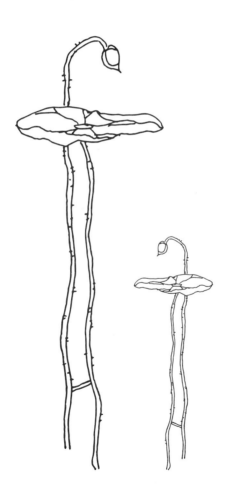

稻城秋意

　　想去稻城已是几年前的事了，可惜因事耽搁了。今年，又勾起了我的欲望。最近开通的从杭州到稻城的航线，可以省却旅途中的鞍马劳顿。

　　稻城亚丁机场位于四川省甘孜藏族自治州稻城县北部桑堆乡海子山，海拔四千四百一十一米，是世界上海拔最高的民用机场。我唯一担心的是高原反应，还好，一下飞机，我并未感觉到任何不适。杭城二十多摄氏度，而到了稻城县，则要穿上羽绒服御寒，仿佛这里提前进入了冬季。但一路上，稻城的秋色却没有欺骗我们，据说当年文成公主进藏时携带的种子在此落地生根，长成青杨林，如今层林尽染，蔚为壮观。

　　山河的指向暗藏玄机

　　从海子山的峡谷到稻城

白色的溪流奔涌

不息，如大地的腹语

白云高高在上，从山崖

溢出，如神灵赶路

又好似一匹烈马

驰骋在祖先的故乡

——《在稻城》

　　这是稻城给我的初印象，它的气质里有着高原独特的雄浑、壮阔，山川峡谷险峻，天空明净通透，有着某种天然的神性。

　　汽车沿着216省道行驶，稻城河如奔驰的烈马一路逶迤。四方形的藏式建筑散落在公路两侧，黑色的屋顶寓示着庄重，藏民家中一般会有小型的经堂，他们在出生伊始便信奉藏传佛教，仿佛与生俱来的胎记。我们在桑堆乡吉乙村稍做停留。天际灰蒙，远处的群山起伏，染上秋黄的白杨林像一条有力的臂膀，将一片红彤彤的红草地搂在怀中。我惊叹于它的艳丽和火一般的特质，仿佛上天在调色板上任性涂抹，又好似激情的火焰。也只有在十月，这片红草地才得以绽放，而后枯黄，归于尘土。

　　我们在香格里拉小镇逗留一晚，第二天清晨，起程前往稻城亚丁景区。依然是雨雾蒙蒙，云雾缭绕，四周的群山如蒙上轻薄的面纱。再坐一个多小时的景区大巴到扎灌崩，然后步行半公里到冲古寺。山林寂静，流水激荡，冲古寺金色的屋顶隐在葱郁的松树间，在蒸腾的雾气中若隐若现。若有一道天光能够拨开云雾，这世间会否少一些阴霾，多一些灿烂呢？1928年，美国探险家约瑟夫·洛克先生来到此地，曾在冲古寺借宿，当他推开寺庙的窗户，目光向着远方的峡谷眺望，便看见了静谧祥和的亚丁村，这便是后来在英国作家詹姆斯·希尔顿的小说《消失的地平线》里所描写的蓝月山谷。

也许，香格里拉只不过个杜撰的地名，但它的确被誉为"水蓝色星球上的最后一方净土"。而我，身处此地，流连于雪峰、冰川、溪流、瀑布、草甸之间。远处的仙乃日、央迈勇、夏诺多吉三座雪山终年不化，在藏传佛教中被称为"三怙主雪山"，在藏民们心中有着高不可攀的神圣地位。与虔诚的藏民一样，我也即将开启朝圣之旅，而冲古寺便是徒步转山的一个起点。

我们坐上景区的电瓶车，约半小时之后抵达海四千一百五十米的洛绒草场。洛绒草场位于三座雪山环绕的开阔地带，大片的草甸、沼泽、湿地形成了天然的高原牧场，这里是通往牛奶海、五色海的必经之地。贡嘎河在脚下欢快地流淌，四散的牛马在牧草间悠闲漫步，黑色的鸟群掠过天际，在前方的最高处，便是高耸入云的央迈勇雪山，积雪的峰顶流动着薄如蝉翼的轻云，在虚无缥缈间，透着神性的光芒。

一轮红日拨开云层，喷薄而出。金色的阳光泼落在央迈勇雪山的峰顶，泼洒在洛绒草场上。我们鱼贯而行，沿着栈道，朝着雪山的方向进发。

四周空旷，偶尔传来鸟雀的啼鸣。在我身侧是清浅的河水，白云倒映其间，光影婆娑，如梦如幻。金黄的树叶在微风中晃荡，发出簌簌的声响。天空明净，草场纯美如画，我的心境也因此变得敞亮。

近处的山坡上长满青草，间杂着低矮的灌木丛。数间石木混搭的小屋后面，是木栅栏围成的马场，靠得近了，有股混杂不清的草木清香和畜牧的臊味。不时有当地的牧民牵着马从山间的羊肠小道走来，被马匹踩踏后的道路泥泞。为了省时省力，有的游客干脆租了马匹，直接由坐骑驮上山去。

不久，我避开人群，独自来到洛绒措的湖边。央迈勇雪山近在眼前，我仿佛伸出双手便能够触及它的肌肤，一堆雪落在湖的对面。微风吹皱湖水，波纹漾了开来。在这圣洁的雪山面前，湖水就像一面古老的铜镜，照见了它那傲视群峰的仪容。

秋风为山间的树木披上金色的衣袍，这一季的绚烂，热烈着，奔放着。斑斓的秋意消解了旅途中的疲惫。在崎岖泥泞的山路上行走，就是自己与自己较劲，我的体内早已积蓄了力量，迈开双腿，朝着高处不停攀登。

央迈勇，海拔 5958 米，在藏语中意为"文殊菩萨"，在佛教中是智慧的化身。她形似文殊菩萨手中的智慧之剑，直指苍穹。走走停停，我不时与之对视，企盼着早点到达终点。两个多小时的行走，已经消耗了不少体能，可雪峰的身影依旧与我若即若离。洛克先生在日记中写道："她是我见到的世界上最美的山峰。"显而易见，她那千古不化、冰清玉洁的仪容，让朝圣者魂牵梦萦。一只山鹰在蔚蓝色的天际盘旋，它有一对坚硬的翅膀，可以恣意翱翔，而我们只能背负起旅途的劳累与艰辛，伸展双腿，弯曲膝盖，以虔诚的姿态匍匐着。

越往上走，山势越陡。海拔越上升，空气越稀薄。有的地方道路泥泞、湿滑，有的地方有清澈的山泉涌出，我们只得踮起脚，如履薄冰。我们与下山的人马狭路相逢，相互谦让，小心翼翼。我们早已将自己的身躯融入山野，心无旁骛。

在路旁的巨石上稍稍静坐，我的呼吸因此顺畅了许多。我不经意间打量着眼前的巍峨雪峰，云雾又悄悄地聚拢了过来，遮遮掩掩。我试图加快脚步，却有些力不从心。又攀升了许久，终于，我来到了山的拐角处，一处悬崖突兀地延伸开来，脚下是深不可测的峡谷，一条湍急的河流奔腾而去。

翻越这道山口，便离牛奶海不远了。牛奶海，藏语称"洛绒措"，位于央迈勇的山坳里，海拔约四千五百米，属于古老的冰川湖泊，是亚丁三大圣湖之首。我沿着陡峭的山路向上爬坡，然后挨着山崖径直向前。在一处开阔的山坳里，牛奶海袒露在我面前。乳白色的湖水围绕着碧蓝的湖心，有着琥珀般的晶莹。

在牛奶海的右侧，翻越一道大陡坡，再攀登一百米，沿着山脊，就能够俯瞰五色海了。五色海，藏名"丹增措"，海拔四千六百米，是亚丁最高的湖。据说虔诚的人来到湖边，能照见其前世今生。此刻，五色海如蓝宝石般镶嵌在仙乃日与央迈勇雪山之间，湖水纯净，时而深蓝，时而浅蓝，色泽变幻，如生命的流水。在这澄明之境，我的心境也变得平和，波澜不惊。

在不远处，人们将一块块白色的石子垒放在玛尼堆上，彩色的经幡随风起舞，发出猎猎的声响。等到人们心满意足，走在下山的路上，脚步轻快起来，稻城的秋意便更浓了。

秋日黄龙

　　下车，夜宿松潘古城。天有些凉意，比起都江堰的和煦，这儿的温度下降了许多。客栈天井的灯亮了，那仿古花灯透着古朴的暖意。

　　穿上一件保暖外套出门，在附近的老街闲逛，街上灯火通明。大凡古城都有一条这样的老街，平日里售卖当地的土特产、饮食。因着游客的到来，夜市分外热闹。

　　次日晨起，温度降至6℃，霜冷。此地在历史上为唐代边防重镇，曾发生过唐蕃松州之战，后文成公主和亲入藏，途径松潘草原，呼曰："兴师相戕罪也，余将和睦唐蕃。"可见，战争往往会使生灵涂炭，殃及百姓。如今，有藏、羌、回等二十二个少数民族筑居于此，相安无事。在老城墙根，那些长条形的青砖爬满青苔，分明镌刻着往日的心酸。

　　此次行程，我是跟团"狼户外"，故行程不用自己做攻略，并不担心。领队人"七匹狼"提前让我们在网上预约黄龙景区的感恩门票。因浙江对口援建四川阿坝州，浙江游客可享受免费门票，只是到景区还要购买缆车票。

黄龙景区位于四川省阿坝藏族羌族自治州松潘县，在岷山山脉南部，岷山主峰雪宝顶山麓是涪江的发源地。黄龙沟是一条长 7.5 公里、宽 1.5 公里的缓坡沟谷。沟内布满乳黄色岩石，远眺似蜿蜒于密林幽谷中的黄龙，黄龙沟因此得名。

到达景区，海拔约两千八百米，我们坐缆车上行至三千五百米左右，随后步行。四周植被茂盛，我在平缓的山道上行走，并无任何不适。在一处观景平台驻足，视野开阔，和煦的光落下来，铺满翠绿的山野，丝绸般流动，心头也变得柔软。远眺，皑皑白雪覆盖着山峰——雪宝顶，有着纯银般的质感。

一直往山里走，黄龙的秋意才显山露水，枯黄的树叶悬在枝头，在远处的山坡上蔓延。不知名的树木浓荫蔽日，与高山草甸、流水构成一幅无比明快的油画。天蓝得纯净，林间传来清越的鸟鸣。不时会有黑白条纹的松鼠拖着长尾蹿到路边，短腿迅速移动，飞快地从我脚下溜走，那样随心所欲，毫不惧生。

这一路上，我深陷于黄龙景区的大山中，与草木为伍，与流水做伴。我居住在城市，享受着高科技、超便捷的物流，面对着各种物质的诱惑，却也常常会在人群中迷失。我喜欢在这样的大山里行走，喜欢这种人与自然最直接的亲近方式，得以尽情吸氧，让心灵放松。

离雪山越来越近了，仿佛触手可及，这倒催促我加快了脚步。当我走过木栈道，登上一侧的观景台，便眼前一亮，梯田状的五彩池呈现在眼前。黛青色的池水，如翡翠一般镶嵌在一处开阔平整的山岙里。水质纯净无比，纤尘不染，心也跟着荡漾。当我从观景台下来，靠近池边，水面又呈现出蓝绿色，真是令人难以置信。查看科普资料才知道，首先，这是因为光线中以蓝光为代表的短波光在水中产生很强的折射和散射作用，由于人眼对蓝光比较敏感，所以洁净水色多为蓝色。其次，池水中含有大量的碳酸钙晶体颗粒，能强烈地散射蓝光，使得彩池呈现蓝绿色。此外，部分彩池中的水非常适于藻类生长，颜色各异的藻类的聚集会使池水呈现不同的色彩。

黄龙有"四绝"——彩池、雪山、峡谷、森林，再加上滩流、古寺、民俗，称为"七绝"。黄龙寺在五彩池附近，我便进去转了转。相传黄龙助禹治水有功，先人为祭祀黄龙而修庙立碑。更有传说黄龙在此修道成仙，故塑黄龙真人坐像。《松潘县志》载："黄龙寺，明兵马使马朝觐建，亦名雪山寺，相传黄龙真人养道于此，故名。有前中后三寺，殿阁相望，各距五里。"现存前寺，独守这一方山水。从寺右侧下台阶，有溶洞，洞中滴水，其间有石灰质溶液凝结而成的石钟乳、石笋、石柱等，仿佛进入洞天幽府，清凉无比。

大自然就像一位神奇的画师，用调色板和画笔在黄龙的山林上任意涂抹，层林尽染。又使黄龙之水争奇斗艳，蓝绿、青绿、金黄、翠绿、酒红……溪水时而欢快奔流，时而在池中静若处子。

看完五彩池，从海拔三千五百米沿着木栈道下山，沿途的彩池形态各异，不计其数。有争艳池、明镜倒影池、盆景池，等等。或池水清浅，光洁如镜；或池中深邃，云影徘徊；在落差大的地方，溪流湍急，化为瀑布，如碎银般激荡。

没有牵绊，在山中时走时停，仿佛这一日过得很慢，任何琐事都与己无关。时光清浅，只顾着品山读水，看天上的流云。

在下山的路上，我在离水源最近的地方蹲下身，用空空的矿泉水瓶往池中接水，纯净的池水在瓶子里晃荡，清亮、透明，品尝起来有一丝丝甘甜。

九寨沟的水

从黄龙景区下山，我们驱车两个多小时来到九寨沟县漳扎镇，入住离景区不远的梵山丽景酒店。

次日一早，步行八百米前往九寨沟景区，游客们须坐观光车游览。事先，领队"七匹狼"已为我们规划好行程。诺日朗是中转站，左线最远是长海，右线最远是原始森林，海拔均在三千米左右。因原始森林站下车深入的时间较长，故临时放弃，下一站是天鹅海。

我们坐观光车抵达右线的第三站箭竹海，然后下车徒步。同行的羊羊出发前担心穿的衣物较少，不够御寒，不幸的是其所担心的还是成了事实。羊羊打了个响亮的喷嚏。我说，出太阳就好了。我们沿着箭竹海的环形栈道去往瀑布，在前方的路口遇见同队的胖子，他正独自摆弄着无人机。

事先听观光车上的导游介绍，箭竹是大熊猫喜欢的食物，湖岸边分布很广，因而得名"箭竹海"。天蓝得纯净，飘着白云，阳光投射在对面的山顶，令人心旷神怡。四周群山环绕，空气稀薄，面对冷寂的湖山，有一种静谧之美。

环形栈道是一条绿植遍布的偏僻小径，循着水声走不远，便看到了指示牌。在藤蔓盘绕的一角拐入，一道两三米高的瀑布映入眼帘。越往里走，水流越急，十几道瀑布一字形排开，如长练，如布匹，奔涌着，溅起雪浪。

水雾迷蒙的栈道有些潮湿，珍珠梅、小檗的红果在枝头探头探脑，行不远就是熊猫海。熊猫海因大熊猫经常在此处出没而得名，它跟九寨沟大部分海子一样是冰川堰塞湖，由第四纪冰川遗留的冰碛物堆积与钙化作用形成。在夏秋季，雨水充沛，湖水就会溢出形成瀑布；初夏枯水期则水位下降，大片金黄色钙化的沙滩裸露在外。现在是丰水期，故湖水充足，幽蓝、深邃。

接下来步行至五花海，因有环湖栈道延伸，这里人气最旺，满足了游客拍照的欲望。近处的水滩清浅，色彩较淡，越往远处，湖水越发深蓝。湖底的钙化、藻类的生长以及湖水对太阳光的折射和反射，幻化出鹅黄、翠绿、墨绿、天蓝、深蓝、藏青等各种色调。青山、白云倒映在碧水中，水草摇曳、枯枝横斜，水中细条形的湖鱼历历可见。

沿着溪流下行，如同奔赴一场流水的盛宴。在五花海下游约五百米的地方，日则沟与南日沟的交界处，有一处坡度平缓、长满灌木的浅滩。起初流水舒缓，然后经过落差二十一米、宽一百六十二米的断壁，流速加快，珍珠滩瀑布便变得气势磅礴了。激流卷起巨大的浪花，如万千珍珠倾倒，沿着光滑的石壁直流而下。这里是九寨沟最典型的组合景观，也是电影《西游记》拍摄的取景地。

在大多数时刻，九寨沟的水是宁静的，并无多少波澜，比如在珍珠滩瀑布下游的镜湖，水面光滑如镜，纤尘不染。山的倒影使湖水更青，天空的倒影使湖水更蓝。飘浮的白云映在湖里，明镜似的湖面如太虚幻境。

回到中转站诺日朗已是午后，我们搭坐左线的电瓶车前往长海，那里海拔高度为三千零一十米，是左线的顶端。跟镜海一样，长海的湖水深蓝，更光洁、明亮。胖子的无人机在湖上盘旋，旷野和湖水都将被摄入镜头，然后制作成一个个生动的小视频。一阵阵秋风拂过，湖岸的树丛碎叶摇曳，耳畔传来清脆的鸟鸣，如此甜美，如此悦耳！

下行进入则查洼沟，就能够看到五彩池，这是九寨沟最小的池子，色彩却最为丰富。上半部呈碧蓝色，下半部则呈橙红色，左边呈天蓝色，右边则呈橄榄绿色。湖中生长的藻类丰富，高度的钙化导致色彩各异。在阳光的照射下，五彩池明艳动人。

到达诺日朗瀑布已是下午三时，远远便听见激昂的水声。最初知晓这个名字与诗人杨炼的代表作《诺日朗》有关，这首诗没有写到瀑布，却由若干单元组成，意象繁复、绵密，用《日潮》《黄金树》《血祭》《偈子》《午夜的庆典》五个相对独立的篇章"寻根"，追溯生命的源起。其实，生命之水何尝不是人类的源头？藏语诺日朗意为男神。雄伟壮观的诺日朗瀑布高 24.5 米，宽 270 米，是中国最宽的瀑布。

从高山到峡谷，从春夏到秋冬，这幅流动的壮丽画卷，历经寒暑，从高处跌落、抛洒，在迷雾中蒸腾，如蛟龙般奔流不止。我凝视着它，惊叹于它的瑰丽！

扎尕那的秋天

在甘南，站在扎尕那的观景台，俯瞰众生，就像拥有神的视角。低处如盆景，散落着草木、牛羊，以及藏式民居。四周是高耸的峭壁，苍鹰在天上飞，哈达似的流云随风飘浮。满目是青翠的山峰，草木的绿夹杂着秋黄。

扎尕那山位于甘肃省甘南藏族自治州迭部县益哇镇境内，属迭山山脉，海拔高度为三千九百七十米。扎尕那藏语意为"石匣子"，是一座天然的石城，也是一处风景绝佳的藏地秘境，世上少有的纯净乐土。

观景台对面正北的山峰名为光盖山，古称"石镜山"，灰白色的岩石如石屏、石镜。东边山峰凸起，地势险峻，南边两座山峰如石门相峙。这里的石头有着灰铁的质感，坚硬而奇特。

藏式寺院的金顶熠熠生辉，玛尼石不断垒起，彩色的经幡迎风猎猎。我的目光游离在晴空下的扎尕那，饱览秋色，那是一幅隐藏于白山黑水间的奇异画卷。

因山势较陡，坐游览车是个不错的选择。车子在峡谷里穿行，山路盘旋，溪流欢快、清冷。不知名的山峰扑面而来，将光影投射在咫尺。山峰怪异，如剪刀，如桅帆，怪石嶙峋，姿态各异。成片的山峰峰顶裸露，树木覆满山岗，恣意生长。由青绿到枯黄，颜色有深有浅，煞是好看。

沿途经过老虎嘴，只见一块岩石凸起，形似老虎张开血盆大口。山风阴冷，有些潮润。在拐角处，雪花似的溪流在山岙里激荡，便更显得冷寂。

停车处有亭子，一边有小径通往溪谷，一边可以坐看秋色。同行的胖子在此歇脚，我则脚踩凹凸不平的石子路，独自前往山中。放眼望去，谷中深邃，延伸着通往更远的腹地。山坡上的草木，仿佛被人随意涂抹，黄绿相间，层层叠叠，有着油画般的景致。我逐渐感觉到自己的渺小，身在此山中，就像进入了童话里的世界。

转过一道山梁，水声激越，前方不时有行人走过，伴随着马蹄声。在这秋意渐浓的山间，我的脚步也变得缓慢、从容。牵马的大多是藏族女子，为了补贴家用，她们用半生不熟的普通话与游客交谈，谈好价格后，一般在山里往返一个小时的路程。她们并不娇弱，看上去是那样大方、自然。

我喜欢这一方山水，以及淳朴的藏民们，他们所流露出来的表情是温和的。与草木长相厮守，是山水滋养了他们的性情，变得坚韧而淳朴。

　　越往山里走，越觉得深不可测，我怕在大山中迷失，或者赶不上约定的返程时间。幸好，在前方遇见了同队的羊羊，看看时候不早，便一同下山。我向藏民租了一匹健壮的黑马，骑了一小段颠簸的山路，让羊羊为我拍了照并录了小视频，算是满足了我骑马的虚荣心。

　　在扎尕那的山中步行，闻着泥土的芬芳，与草木亲近，有一种回归自然的从容。途中，被触目的浓烈秋色所震撼。在前往仙女湖的路上有一处开阔的山坡，绿树环绕，草色蔓延。相比于尘世的喧嚣，湖山是寂静的。我找了块石头，静坐了片刻。当一阵山风吹过，我便萌生了躺下不走的念头。

　　难怪在1922年，美籍奥地利裔植物学家、人类学家约瑟夫·洛克在考察之后这样写道："我平生未见如此绮丽的景色。如果《创世纪》的作者曾看见迭部的美景，将会把亚当和夏娃的诞生地放在这里。迭部这块地方让我震惊，广阔的森林就是一座植物学博物馆，绝对是一块处女地。它将会成为热爱大自然的人们和所有观光者的胜地。"

　　在此之前，我读过英国人詹姆斯·希尔顿的长篇小说《消失的地平线》，传说很多素材源自于扎尕那。在这里，时间是缓慢的，在洛克探险后的近一个世纪，它依旧保持着朴素的原貌。也许，这里超然于物外，并不被外界所打扰。更多的时候，神以不同的面目出现，和石头交谈，与草木对话，静静地凝视着山巅。

图书在版编目（CIP）数据

湖山寂静 / 张明辉著 . —— 北京 ： 国际文化出版公司 ， 2024.8
ISBN 978-7-5125-1619-9

Ⅰ . ①湖… Ⅱ . ①张… Ⅲ . ①散文集－中国－当代 Ⅳ . ① I267

中国国家版本馆 CIP 数据核字 (2023) 第 249739 号

湖山寂静

作　　者	张明辉
责任编辑	阴保全
艺术作品	李野夫
策　　划	刘　蔚
装帧设计	唐　玄
责任校对	祝东阳
出版发行	国际文化出版公司
经　　销	全国新华书店
印　　刷	北京盛通印刷股份有限公司
开　　本	800 毫米 ×1230 毫米　32 开
	7.625 印张　　　　　137 千字
版　　次	2024 年 8 月第 1 版
	2024 年 8 月第 1 次印刷
书　　号	ISBN 978-7-5125-1619-9
定　　价	79.80 元

国际文化出版公司
北京市朝阳区东土城路乙 9 号　　邮编：100013
总编室：（010）64270995　　传真：（010）64270995
销售热线：（010）64271187
传真：（010）64271187-800
E-mail：icpc@95777.sina.net

清风刮过，山林晃动，松涛起伏，一轮弯月挂在天际。

我在行走，草木也在行走。我成了山中微小的一部分。